Hartmut Lange

Leptis Magna

Zwei Novellen

Diogenes

Umschlagfoto
von Robert Polidori

*Ich bedanke
mich für die Mitarbeit
meiner Frau*

www.diogenes.ch
40/03/8/1
ISBN 3 257 06336 9

Inhalt

Der Umzug

I

Professor Bodewig wollte auf zu neuen Ufern, und es sah ganz so aus, als würde sich dieser Wunsch erfüllen. Im Januar war eine entfernte Verwandte gestorben, und sie hatte ihm ein Grundstück in Wien vermacht. Es war ein mit Pappeln umstandenes Geviert, annähernd zweitausend Quadratmeter groß. Der Garten war verwildert, und an dem einstöckigen Gebäude mußte das Dach erneuert werden.

»Am besten, du siehst dir das Ganze einmal an«, sagte Professor Bodewig zu seiner Frau. »Und möglichst noch in dieser Woche«, fügte er hinzu.

Er selbst haßte es, in Hotelzimmern zu übernachten, und so saß er, während Frau Bodewig nach Wien unterwegs war, in seinem Arbeitszimmer und studierte den Wiener Stadtplan. Am Abend klingelte das Telefon, und kaum war die Verbindung hergestellt, begann Frau Bodewig zu schwärmen. Etwa darüber, wie sehenswert Wien sei, und daß allein schon die Fahrt in Richtung Heiligenstadt, sie hätte die Straßenbahn benutzt, daß allein schon diese Fahrt ein Erlebnis genannt werden müsse.

»Stell dir vor«, sagte sie, »es sind nur wenige Kilometer, aber was man da alles zu sehen bekommt!«

»Ich weiß, ich weiß«, fiel ihr Professor Bodewig ins Wort. »Ich kenne mich bereits bestens aus.« Er erwähnte Schuberts Geburtshaus, beschrieb ausführlich, daß man, um zu dem ererbten Grundstück zu kommen, bis zur Hohen Warte fahren müsse. Hier lohne sich ein flüchtiger Blick auf den Leopoldsberg, der in der Ferne zu sehen sei. Dann müsse man die Wollergasse entlanggehen und käme an der Villa des berühmten Architekten Mackintosh vorbei. »Und wenn du die Steinfeldgasse hinter dir gelassen hast«, sagte Professor Bodewig, »durchquerst du den Heiligenstädter Park, der wie ein englischer Garten angelegt ist. Ein Pfad führt bis zur Pfarrkirche St. Michael und darüber hinaus zur Armbrustergasse, und in der Probusgasse, direkt neben dem Beethovenmuseum, müßte unser Haus stehen.«

»Korrekt«, sagte Frau Bodewig und mußte lachen.

Sie teilte ihm mit, daß das Haus eine Rarität sei, gebaut um 1830. Sie versprach einige Fotos mitzubringen, und Professor Bodewig schlug vor, daß man auf einen Teil der Ersparnisse zurückgreifen und so schnell wie möglich mit den Reparaturarbeiten am Dach beginnen sollte.

»Und wenn wir uns beeilen«, sagte er, »und du findest einen tüchtigen Architekten, könnten wir im Herbst den Möbelwagen bestellen.«

2

Professor Bodewig war Politologe an der Dahlemer Universität, und er hatte nicht die geringste Aussicht, nach Wien oder in eine andere Stadt berufen zu werden. Hinzu kam: Er hatte gerade erst den Mietvertrag für das Haus in der Matterhornstraße verlängert, und wie sollte er bis zum Herbst, falls er wirklich vorhatte, in das Haus am Heiligenstädter Park zu ziehen, wie sollte er so rasch einen Nachmieter finden?

Das Haus in der Matterhornstraße war ein moderner Betonbau. Hier gab es keine geschlossenen Räumlichkeiten. Die breite Treppe und die angestrebte Weitläufigkeit, über zwei Stockwerke verteilt, wirkten ungemütlich. Im Zwischengeschoß hatte Professor Bodewig sein Arbeitszimmer eingerichtet. Rechts stand die Bücherwand, links der Schreibtisch mit der Computeranlage, und von dem ledernen Sofa aus, das in unmittelbarer Nähe der Treppe stand, konnte man die Küche im Obergeschoß sehen. Die Wände waren weiß getüncht, überall Halogenleuchten, die ein zu helles Licht erzeugten, und irgendwie wurde man, wenn geheizt war, den Eindruck nicht los, als wäre da, weil die warme Luft nach oben, die kalte nach unten drängte, ein ununterbrochenes Zirkulieren.

»Es zieht«, sagte Professor Bodewig oft, obwohl er wußte, daß alle Fenster geschlossen waren.

Nachdem Frau Bodewig wieder in Berlin war, kam er nochmals auf seinen Vorschlag zurück, möglichst bald einen Möbelwagen zu bestellen. Er erklärte, daß dies kein Scherz gewesen sei. Er hätte sich mit dem Gedanken, nach Wien zu ziehen, bereits angefreundet, und als seine Frau Einwände geltend machen wollte, begann er sich zu erklären. Sie solle ihm nicht böse sein, sagte er, aber er habe sich immer schon gewünscht, in einem eigenen Haus zu wohnen. Und er habe es nie gewagt, sich einzugestehen, daß ihm das Haus in der Matterhornstraße zu groß sei. Alles sei offen. Man könne sich nirgends zurückziehen. Es gäbe nur eine einzige wirkliche Tür, die zum Schlafzimmer. Mitunter käme es ihm vor, als lebten sie in einer Scheune. Dann sprach er darüber, daß er die Kiefern und spärlich bewachsenen Vorgärten nicht länger ertragen könne. Und diesen ewig verhangenen Himmel.

Auch in Wien würde es regnen, meinte Frau Bodewig.

»Richtig. Aber hier«, versicherte Professor Bodewig, »wo die S-Bahn alle zehn Minuten vorbeirattert, erscheint alles doppelt trostlos.« Und nun pries er nochmals den glücklichen Umstand, durch den ihnen das Haus in Wien zugefallen sei. »Ich werde selbst hinfliegen, um es mir anzusehen«, sagte er und ging, als könne er nicht länger sitzen und als würde er, obwohl geheizt war, frieren, mit hochgezogenen Schultern hin und her.

Vierzehn Tage später, es war an einem Wochenende, flog das Ehepaar Bodewig nach Wien, um sich mit einem Architekten zu treffen, den man gebeten hatte, eine Kostenrechnung zu erstellen. Das Ganze war nicht billig: Allein die Erneuerung des Dachstuhls sollte über 50 000 Euro kosten. 120 000 der Rest: Die Außenwände mußten verputzt werden. Im Garten waren Wege und Mauern in marodem Zustand. Hinzu kamen die Renovierung der Räume und eine neue Heizungsanlage.

»Das würde uns überfordern«, sagte Frau Bodewig und winkte ab.

»Wieso«, widersprach Professor Bodewig. »Falls die Ersparnisse nicht reichen, nehmen wir einen Kredit auf.«

Er weigerte sich, auf ihren Einwand, daß es unmöglich sei, in Wien zu wohnen und in Berlin Vorlesungen zu halten, näher einzugehen. Statt dessen schlug er vor, sich von dem Architekten nochmals durchs Haus führen zu lassen. Er fand alles sehr schön, wollte, daß der Kachelofen im unteren Stockwerk nicht herausgerissen wird. Zuletzt hakte er sich bei seiner Frau unter und überredete sie zu einem Spaziergang durch den Heiligenstädter Park.

»Mach dir keine Sorgen«, sagte er. »Irgendwie wird es mir schon gelingen, in Wien einen Lehrstuhl zu bekommen. Im übrigen: Sieh dich einmal um. Du hast selbst gesagt, wie unvergleichlich hier alles ist.«

Dabei zeigte er auf das Beethovenhaus, das sie linker Hand liegenließen. Sie gingen von der Probusgasse bis zur Armbrustergasse, kamen an der Pfarrkirche St. Michael vorbei, und nachdem sie in die Wollergasse eingebogen waren, standen sie vor der berühmten Villa des Architekten Mackintosh. Und anstatt nun denselben Weg zurückzugehen, um, wie es verabredet war, mit dem Architekten den Umbau im Parterre zu besprechen, erklärte Professor Bodewig plötzlich, er hätte im Hotel etwas zu erledigen. Seine Frau begleitete ihn bis zur Haltestelle, winkte ihm, als er in die Straßenbahn stieg, nochmals zu, und nachdem Professor Bodewig, er fuhr bis zum Schottentor, wieder ausgestiegen war, betrat er das nächstbeste Reisebüro. Er hatte das Flugticket in der Hand. Offenbar wollte er seinen Rückflug nach Berlin umbuchen, denn am selben Tag noch, nachdem er seine Tasche gepackt und mit einem Taxi zum Flughafen gefahren war, am selben Tag noch, es war gegen Abend, traf Professor Bodewig wieder in der Matterhornstraße ein.

Sicher, es gab Ärger, und es war schwierig, Frau Bodewig am Telefon zu erklären, warum er ihr, wenn er schon so überstürzt abgereist war, nicht wenigstens eine Nachricht hinterlassen hatte. Aber es gelang ihm, sie davon zu überzeugen, daß dies nichts, aber auch gar nichts mit dem Haus am Heiligenstädter Park zu tun hätte. Im Gegenteil. Sie solle, versicherte er, nur so weitermachen und dafür sorgen, daß alles so werde wie geplant. Er hätte einen Termin an der Universität vergessen. Außerdem sei er übermüdet. Er legte sich zu Bett und schlief ein.

Am nächsten Tag hielt Professor Bodewig seine Vorlesung, hatte aber Mühe, sich zu konzentrieren, vielleicht weil das Dekanat ihn zu einem kleinen Empfang eingeladen hatte. Ein Kollege wurde emeritiert, und so betrat Professor Bodewig das enge, überfüllte Zimmer, und nachdem er ein Glas Sekt getrunken hatte, ertappte er sich dabei, wie er, obwohl er ununterbrochen in Gespräche verwickelt wurde, wie er versuchte, sich die Spanne Zeit, die ihm bis zur eigenen Emeritierung blieb, ins Gedächtnis zu rufen.

›Sieben Jahre‹, dachte er und war froh, daß er doch beträchtlich jünger als jener war, der immer wieder Hände schütteln mußte, ja sogar Blumen überreicht bekam, und der sich, wohl um seine Rührung zu verbergen, mit einem Taschentuch übers Gesicht fuhr.

Nachdem der Empfang beendet war, schlenderte Professor Bodewig zu seinem Wagen. Er sah sich um. Jetzt erst fiel ihm auf, daß er, offenbar ein Versehen, einige langstielige Blumen in der Hand hielt.

›Wie komme ich dazu‹, dachte er, überlegte noch, ob er den Strauß, der ihm nicht gehörte, zurückbringen sollte.

Aber dann saß er schon am Steuer, und nachdem er die Scheibe heruntergekurbelt hatte, fuhr er langsam, und indem er einen Bogen nahm, in Richtung Ausgang, und wieder sah er sich um, als suche er jemanden, bei dem er die Blumen rasch und unauffällig, sozusagen im Vorüberfahren, hätte loswerden können.

Keine halbe Stunde später war er wieder in der Matterhornstraße und saß, mit umgehängtem Mantel, auch den Schal hatte er nicht abgelegt, auf dem Sofa, immer noch hielt er die Blumen in der Hand. Als das Telefon klingelte, nahm er den Hörer nicht ab. Statt dessen ging er ins Bad, füllte Wasser ins Waschbecken, legte die Blumen hinein, und wieder klingelte das Telefon. Es war Frau Bodewig, die erklärte, daß sie am selben Tag noch mit dem Flugzeug in Tegel ankommen würde. Aber dies schien Professor Bodewig nicht recht zu sein. Genauer: Er bat sie, eine Woche länger in Wien zu bleiben, sprach davon, wie wichtig es sei, die beschlossenen Reparaturarbeiten an dem Haus endlich voranzutreiben, und daß es besonders in der Anfangsphase darauf ankäme, dem Architekten auf die Finger zu sehen.

Dies sagte er, und ob er seine Frau überzeugen konnte oder ob sie ihren Widerstand nur aufgab, weil er so hartnäckig auf sie einredete, war letzten Endes nicht auszumachen. Sie willigte ein.

»Das ist vernünftig. Ich danke dir«, sagte Professor Bodewig.

3

Und nun geschah etwas Unerwartetes: Obwohl noch genügend Zeit blieb und ohne daß dies mit seiner Frau abgesprochen war, begann Professor Bodewig damit, das Haus in der Matterhornstraße leerräumen zu lassen. Genauer, er ließ das Mobiliar, da das Wiener Haus noch nicht bezugsfertig war, von einer Speditionsfirma auf einem Speicher zwischenlagern. Nur Dinge, die unverzichtbar waren, um hier weiter zu übernachten, blieben an ihrem Platz. In der Küche standen der Tisch und zwei Stühle, in der ersten Etage das Ledersofa, ansonsten aber war alles kahl. Die Schritte hallten, wenn man die Treppe hinunter in den Korridor ging, und abends, wenn es dunkel wurde, scheute sich Professor Bodewig das Licht anzumachen, da die Vorhänge an den Fenstern fehlten.

Natürlich gab es wieder Ärger, und es war schwierig, Frau Bodewig zu erklären, warum er Dinge, die man gründlich vorbereiten mußte, unbedingt übers Knie brechen wollte. Aber anstatt ihm Vorwürfe zu machen, statt auf Erklärungen zu bestehen, wie er den Umzug nach Wien mit seinen beruflichen Verpflichtungen vereinbaren wolle, statt mit ihm darüber zu reden, daß ein wochenlanger Aufenthalt in einem Hotel zu teuer werden würde, entschloß sich Frau Bodewig, in das Haus am Heiligenstädter Park zu ziehen. Sie richtete sich, obwohl die Arbeiten am Dach noch nicht beendet waren, ein Zimmer im Erdgeschoß ein, wo sie übernachten konnte. Sie hatte einen elektrischen Kocher aufgestellt, hatte sich Messer, Gabel, Löffel und das allernötigste Geschirr gekauft, und sie sorgte dafür, daß, kaum hatte man das Dach gedeckt, mit den Renovierungsarbeiten im oberen Stock begonnen wurde. Da sie an dem Wunsch ihres Mannes, nämlich so rasch wie möglich in das ererbte Haus zu ziehen, da sie an seiner Ungeduld, mit der er dies verlangte, nichts ändern konnte, hatte sie sich entschlossen, dafür zu sorgen, daß alles so rasch wie möglich geschah.

»Wenn wir die Möbel erst einmal aufstellen können, wenn sozusagen alles unter Dach und Fach ist, werden wir weitersehen«, sagte Frau Bodewig und bat ihre Tochter, ihr behilflich zu sein.

In der Woche vor Ostern parkte ein alter vw vor dem Haus in der Matterhornstraße. Claudias Freund war damit beschäftigt, den Beifahrersitz zurückzuklappen, und nachdem er auch den Rücksitz verschoben hatte, entstand so etwas wie eine Ladefläche.

»Ich bin gekommen, um Mutters Sachen abzuholen. Zumindest das, was sie jeden Tag braucht. Wir werden sie heute noch bis München und übermorgen nach Wien bringen«, sagte Claudia zum Vater und schlug vor, alles in zwei, drei Koffern zusammenzupacken.

Sie hatte einen Karton mit Tulpenzwiebeln für den Vorgarten mitgebracht. Professor Bodewig bedankte sich, meinte aber, daß es sich nicht mehr lohnen würde, sie in die Erde zu setzen.

»Wenn sie blühen, werde ich nicht mehr hier sein«, sagte er.

Sie gingen ins Haus. Professor Bodewig forderte die beiden auf, erst einmal Platz zu nehmen. Er tat so, als könne man in der Kahlheit ringsherum gemütlich nebeneinandersitzen. Alle drei gingen zum Sofa, das in unmittelbarer Nähe der Treppe stand, so daß man den Eindruck bekam, man würde die Füsse über einem Abgrund baumeln lassen.

»Ich habe mir schon gedacht, daß Mutter ihre Sachen braucht. Es liegt alles im Schlafzimmer«, sagte Professor Bodewig.

Er hatte eine Tüte mit Grissini in der Hand,

reichte sie herum, wobei er sich die Krümel, die aus der Tüte rieselten, von den Hosenbeinen klopfte.

»Auch die Schuhe und der warme Mantel?« fragte Claudia. »Es ist in Wien kälter, als man denkt.«

Und ohne eine Antwort abzuwarten, versuchte sie dem Vater klarzumachen, wie sehr die Mutter darunter litt, daß er vieles, was den Umzug betraf, letzten Endes allein entschieden habe, und daß es rücksichtslos gewesen sei, das Haus leerräumen zu lassen, so daß sie daran gehindert würde, in die Matterhornstraße zurückzukehren.

»Sie kampiert zwischen Leitern und Farbtöpfen«, sagte Claudia.

»Das tut mir leid«, sagte Professor Bodewig. Er versprach, die Mutter nicht länger warten zu lassen. »Ich werde heute noch«, sagte er und kramte die Adresse der Speditionsfirma hervor, »ich werde heute noch«, wiederholte er, »dafür sorgen, daß man die Möbel, wenn es soweit ist, vom Speicher holt.« Um die wenigen Dinge, die zurückgeblieben waren, um das Sofa, den Tisch, die Stühle, die Utensilien im Bad, wollte er sich selber kümmern. »Da miete ich einen Kleinlaster und fahre ihn persönlich nach Wien«, sagte er. »Aber nicht jetzt«, fügte er hinzu, »später.«

Er bedankte sich für die Tulpenzwiebeln, gab

nochmals zu bedenken, ob es nicht besser wäre, den Karton mit nach Wien zu nehmen.

»Hier werden sie verkümmern«, sagte er, »aber im Heiligenstädter Park, da bin ich sicher, erwartet sie eine besonders gute Erde.«

Und nun erst, nachdem für Augenblicke Schweigen herrschte, bemerkten sie, wie unangenehm es gewesen war, gegen das echoartige Klirren, da die Gardinen und Teppiche fehlten, anzusprechen.

4

Bis Dienstag nach Ostern hatte man keinen Kontakt miteinander. Frau Bodewig kümmerte sich um die Malerarbeiten, Claudia und ihr Freund hatten die beiden Koffer abgeliefert, und auch Professor Bodewig langweilte sich keineswegs. Immer wieder ging er durch die Räume, hielt sich im Keller auf, wo er feststellen mußte, daß sich an einigen Wänden Schimmel festgesetzt hatte, und obwohl ihm dics gleichgultig hätte sein können, machte er eine Skizze, markierte die Stellen, die isoliert werden mußten. Dann, nachdem er sich mit einem Blick davon überzeugt hatte, daß kein Sperrmüll mehr im Keller war, ging er in die zweite Etage hinauf, um sich die undichte Stelle am Dach anzusehen. Nicht daß es durchregnete, aber am Plafond hatte sich der Putz verfärbt. Es schien ihm nichts auszumachen, durch die leeren Zimmer zu gehen. Er vermißte weder die imposante Bücherwand, die drei Seiten des Wohnzimmers umstellt hatte, noch die Vitrine mit der Uhrensammlung, auf die er stolz gewesen war, noch die Bilder im Treppenhaus, die man, das gab er zu, vielleicht nicht so eilig hätte entfernen sollen. Zweimal täglich ging Professor Bodewig zum Mexikoplatz, wo man bei einem Italiener gut essen konnte und wo es einen vorzüglichen Amarone gab. Mittags trank er die Flasche beinahe zwei Drittel leer, am Abend den Rest, den er sich hatte wegstellen lassen, und in die Matterhornstraße zurückgekehrt, hätte er sich aufs Sofa legen und einschlafen können. Aber er blieb wach, achtete auf die Scheinwerfer der vorbeifahrenden Autos, die immer wieder Unruhe ins Zimmer der mittleren Etage brachten. Es war ein rascher, von links nach rechts sich vollziehender Wechsel, und irgendwann hatte man den Eindruck, daß dieser Wechsel für Sekunden ausblieb und daß ein Wagen direkt vor dem Haus in der Matterhornstraße hielt. Die Scheinwerfer wurden abgeschaltet. Professor Bodewig trat ans Fenster, beugte sich hinaus, dann ging er in die Diele hinunter und öffnete die Tür. Er schien auf jemanden zu warten.

Am nächsten Morgen, offenbar hatte er schlecht geschlafen, war Professor Bodewig gereizt. Er rief bei der Speditionsfirma an, erkundigte sich danach, ob man auch wirklich alles weggeräumt hätte, und er bestand darauf, daß ein Mitarbeiter der Firma sich nochmals persönlich davon überzeugen solle.

Als es soweit war, führte er den jungen Mann, der es eilig hatte, durch das Haus. Ein kurzer Blick hierhin und dorthin genügte, um festzustellen, daß da nichts mehr war, was die Firma vergessen hatte.

»Tisch und Stühle stehen nicht auf der Liste«, sagte der junge Mann. »Ansonsten«, fügte er hinzu, »haben wir Ihre Unterschrift und damit die Bestätigung, daß alles vollständig und unbeschädigt eingelagert worden ist.«

Professor Bodewig mußte zugeben, daß man, wohin man auch sah, immer nur auf kahle Wände stieß, deren Tapeten dort, wo Bilder gehangen hatten oder wo ein größeres Möbelstück fehlte, helle Flecken aufwiesen, und doch versuchte er, dem anderen verständlich zu machen, warum er, obwohl man, um sicherzugehen, alles vom Keller bis zum Dach ein zweites Mal überprüft hatte, immer noch nicht überzeugt war. Es war nichts weiter, als daß er, statt den jungen Mann zu verabschieden und die Liste, die jener ihm hinhielt, entgegenzunehmen, daß er, es war in der ersten Etage, wie unentschlossen stehenblieb und den Blick auf die gegenüberliegende Wand richtete. Der junge Mann faltete den Bogen Papier mit der Liste zusammen, steckte ihn in die Jackentasche, ging die Treppe hinunter und verschwand. Gegen Mittag, er war auf dem Weg ins Restaurant, sah man, wie Professor Bodewig am öffentlichen Fernsprecher stand. Er telefonierte mit seiner Frau. Was er ihr zu sagen hatte, war in dem Lärm der vorbeifahrenden Autos, er hob immer wieder die Stimme, deckte das freie Ohr mit der Hand ab, nicht zu verstehen. Vielleicht teilte er ihr mit, wann er nach Wien kommen würde, oder er bat um etwas Geduld, oder er machte geltend, daß er die Matterhornstraße so lange nicht würde verlassen können, wie es da noch etwas gab, das man hätte wegräumen müssen.

5

Hätte wegräumen müssen? Es war nur selbstverständlich, daß solch eine Bemerkung Frau Bodewig kränken mußte. Sie hatte sich auf sein Drängen hin beeilt, hatte die Malerfirma mit großzügigen Trinkgeldern dazu gebracht, auch an Wochenenden für sie zu arbeiten, und jetzt, wo die Farben und Tapeten getrocknet waren, jetzt zögerte Professor Bodewig und kam mit irgendwelchen Ausflüchten!

»Wann kommt Vater endlich?« Es war immer dieselbe Frage, die Frau Bodewig an ihre Tochter richtete. Sie wartete auf die Möbel, und Claudia, die nach Wien gekommen war, wollte der Mutter beim Einrichten behilflich sein. Gemeinsam überlegten sie, wo man die Bibliothek aufstellen sollte. Das Arbeitszimmer von Professor Bodewig wollte man im Parterre unterbringen, aber so, daß der Abstand zur Küche über den Korridor hinweg gewahrt blieb. In der ersten Etage, neben dem Bad, sollte das Schlafzimmer eingerichtet werden.

»Und das Ledersofa«, sagte Frau Bodewig, »bringen wir im Gästezimmer unter. Ich hoffe, daß alles noch diese Woche eintrifft«, fügte sie hinzu, und es war ihr wichtig zu erklären, daß es nicht ihr Wunsch gewesen sei, nach Wien zu ziehen. »Ich hätte das Haus verkauft«, sagte sie. »Und warum hat er, und ohne mit mir darüber zu reden, die Speditionsfirma beauftragt, die Möbel auf einem Speicher zwischenzulagern? Damit fingen die Schwierigkeiten überhaupt erst an!«

Die Tochter versuchte, sie zu beruhigen.

»Du kennst ihn doch«, sagte sie. »Er ist in praktischen Dingen nie besonders geschickt gewesen.«

Nochmals ließ sie sich von der Mutter durch die hellen, vom Sonnenlicht durchfluteten Zimmer führen, gab hier und dort Ratschläge. Zuletzt schlenderten sie durch den verwilderten Garten, und da beinahe sommerliche Temperaturen herrschten, begann sich der Heiligenstädter Park grün einzufärben.

Eine Woche blieb Claudia mit ihrem Freund bei der Mutter, die Möbel waren immer noch nicht eingetroffen, und was besonders beunruhigend war: Frau Bodewig mußte feststellen, daß ihr Mann, sooft sie auch anrief, nicht mehr ans Telefon ging.

»Warum verhält er sich so merkwürdig. Hoffentlich ist nichts passiert.«

»Was sollte passiert sein?«

»Ich weiß es nicht, Kind. Es scheint aber etwas zu geben, das ihn daran hindert, die Haustür abzuschließen, den Schlüssel dem Vermieter zu übergeben, um dann, wo doch hier ein eigenes, neurenoviertes Haus auf ihn wartet, die Matterhornstraße ein für allemal zu verlassen«, sagte die Mutter, und es war klar, daß Claudia jetzt, um die Mutter in ihrer Ratlosigkeit nicht allein zu lassen, daß sie versuchen mußte, über das Benehmen des Vaters, das nicht zu erklären war, wenigstens zu mutmaßen. Aber ihr fiel nichts ein, und sie war froh, als Klaus, der sich im Nebenzimmer aufgehalten hatte, in die offene Tür trat. Er hatte dem Gespräch der Frauen zugehört, bot der zukünftigen Schwiegermutter seine Hilfe an. Das heißt, er schlug vor, sowie er wieder in Berlin sein würde, einmal allein nach Zehlendorf zu fahren.

»Wer weiß, vielleicht ist er bereit, mit mir, dem Verlobten seiner Tochter, sozusagen von Mann zu Mann, ein Gespräch zu führen«, sagte er und streckte sich, wobei er die Arme über den Kopf hob, eine Geste, die Frau Bodewig unangemessen fand.

6

Klaus Wagemann war Physikstudent im letzten Semester, und er war eine stattliche Erscheinung. Über einen Meter neunzig groß, war er immer tadellos gekleidet. Er hatte Claudia bei einem Urlaub an der Atlantikküste kennengelernt. Die beiden verstanden sich glänzend, so daß Claudia vorhatte, die eigene Wohnung aufzugeben und zu dem Verlobten zu ziehen. Sie riet der Mutter, sich Wagemanns Geschicklichkeit und vor allem seinem Taktgefühl ruhig anzuvertrauen, und so kam es, daß Wagemann das zweite Mal, diesmal allein, mit seinem alten vw in Richtung Berliner Westen unterwegs war. Nachdem er die Matterhornstraße erreicht, den Wagen abgestellt und die wenigen Meter bis zur Haustür hinter sich hatte, als er auf den Klingelknopf drückte, glaubte er, ein Räuspern zu hören, dann Schritte, die näher kamen, und als er damit rechnete, daß der zukünftige Schwiegervater die Tür öffnen und ihn begrüßen würde, als er einen halben Schritt zurücktrat und den Schlips am

Kragen zurechtrückte, als er ein »Ich hoffe, ich störe nicht« schon auf den Lippen hatte, war plötzlich alles totenstill. Ein erneutes Klingeln, es öffnete niemand. Er ging zum Wagen zurück, sah auf die Uhr. Es war gegen sieben Uhr abends.

›Vielleicht‹, dachte er, ›lohnt es sich zu warten.‹

Er schlenderte bis zur Lindenthaler Allee und darüber hinaus, betrat die Buchhandlung, die in der Halle des S-Bahnhofs untergebracht war. Eine Weile blätterte er in Büchern und Zeitschriften herum, und irgendwann fiel ihm ein, daß Claudia davon gesprochen hatte, wie froh sie darüber sei, daß der Vater regelmäßig in einem nahe gelegenen Restaurant essen würde. Und tatsächlich: Wagemann mußte nicht lange suchen. Er überquerte, in der Absicht, sich umzusehen, den Mexikoplatz, und als er an der Fensterfront der Trattoria vorbeikam, entdeckte er Professor Bodewig. Er saß in unmittelbarer Nähe zur Tür, hatte einen Teller Spaghetti vor sich, trank aus einem großen Glas Wein, und Wagemann, während er noch überlegte, ob er an die Scheibe treten und ihm zuwinken sollte, Wagemann bemerkte, daß der andere nicht allein war. Ihm gegenüber saß eine junge Frau, zu der sich Professor Bodewig immer wieder hinüberbeugte. Offenbar hatte er ihr etwas zu sagen, worüber sie lachen mußte. Sie trug ein ärmelloses T-Shirt, eine bunte Kette aus Holzperlen, die Schuhe, sie hielt die Füße von sich gestreckt, waren bonbonrosa, und wieder hörte Wagemann ihr Lachen und wußte nicht, wie er sich verhalten sollte.

›Er geht mit seinen Studentinnen essen‹, dachte er. Und: ›Was wäre schon dabei, wenn ich einfach hineinginge und ihm guten Tag sagen würde.‹

Aber er unterließ es, zog sich auf die andere Straßenseite zurück, und kaum hatte er sich entschlossen, die beiden, ja was sollte dabei herauskommen, zu beobachten, sah er, wie Professor Bodewig mit jener, die einen Kopf kleiner war als er und die jetzt eine große Tasche über die Schulter geworfen hatte, wie Professor Bodewig mit der jungen Frau ins Freie hinaustrat, und sie hatte sich bei ihm untergehakt. Langsam, wobei sie den Eindruck vermittelten, sie wären miteinander vertraut, schlenderten sie dahin, erst über die Lindenthaler Allee hinweg in Richtung Limastraße. Sie blieben stehen. Wagemann sah, wie die junge Frau, als würde sie etwas vermissen, in ihrer Tasche zu kramen begann. Schließlich gingen sie weiter, erreichten die S-Bahn-Unterführung und bogen nach rechts in die Matterhornstraße ein, und immer waren es die pinkfarbenen Schuhe, die, auch auf die Entfernung hin, unübersehbar blieben.

›Wenn sie lediglich etwas zu besprechen hatten,

müßte er sie jetzt verabschieden‹, dachte Wagemann, der ihnen gefolgt war.

Er sah, wie die beiden, und immer noch untergehakt, den mit Steinplatten belegten Weg, der durch den Vorgarten führte, betraten. Professor Bodewig zeigte auf das Beet mit den Tulpen, die Claudia ihm mitgebracht und die er nach anfänglichem Zögern in die Erde gesetzt hatte. Sie erreichten die Eingangstür. Man hörte ein kurzes Klappen, dann waren die beiden im Haus Matterhornstraße Nr. 6 verschwunden.

Es begann zu regnen, und zwar so heftig, daß die Dachrinnen, die offenbar verstopft waren, überliefen. Man hörte, wie hier und dort in der Nähe der Hauswand das Wasser aufklatschte, und sicher hatte sich in der zweiten Etage, wo das Dach undicht war, der Putz am Plafond verfärbt. Vielleicht begann es auch durchzuregnen. Hinter den Fenstern brannte kein Licht, und irgendwann, der Regen hatte nicht aufgehört, sah man, wie Wagemann, der unter einem Baum Schutz gesucht hatte, den Kragen seiner Jacke hochschlug. Er rannte, den Autoschlüssel in der Hand, auf den VW am Straßenrand zu. Zwei, drei Handbewegungen, dann war der Motor gestartet, die Scheinwerfer flammten auf, und es war kurz nach halb zehn, als Wagemann wieder in Claudias Wohnung eintraf. Sie kam ihm an der Tür entgegen, wollte wissen, warum er so lange fort gewesen war. Aber Wagemann bestand darauf, erst einmal seine Haare zu trocknen. Eine Viertelstunde war er im Bad mit dem Fön beschäftigt, und als er wiederauftauchte, hatte er auffallend wenig zu sagen.

»Ja, was denn nun«, fragte Claudia. »Was habt ihr miteinander besprochen? Hast du gesagt, daß Mutter auf die Möbel wartet? Fehlt ihm etwas?« fügte sie hinzu.

»Ich habe ihn nicht gesprochen, aber er schien guter Dinge zu sein. Ich glaube auch nicht, daß er das Haus verlassen wird, solange das Sofa dasteht«, sagte Wagemann, eine Bemerkung, die irgendwie anzüglich wirkte.

7

Endlich waren die Möbel in Wien eingetroffen, und Claudias Verlobter mußte keine weiteren Auskünfte geben, etwa darüber, warum es ihm nicht gelungen war, mit Professor Bodewig zusammenzutreffen, oder warum er, obwohl er doch in der Matterhornstraße gewesen war und etwas beobachtet hatte, hartnäckig schwieg, und vielleicht war es gerade dieses Schweigen, das, zumal nach der anzüglichen Bemerkung, das Sofa betreffend, allen die Gewißheit gab, Professor Bodewig hätte Gründe, das leergeräumte Haus nicht zu verlassen. Was dies für Gründe waren und warum er, um sie zu verheimlichen, immer wieder mit fadenscheinigen Ausreden gekommen war, dies wollte sich Frau Bodewig keinesfalls klarmachen. Sie gruppierte das Gästezimmer um. Auf den Platz, den sie für das Ledersofa frei gelassen hatte, rückte sie eine Vitrine. Sie bestellte einen neuen Küchentisch, sorgte dafür, daß die Einrichtung der Wohnung innerhalb weniger Wochen beendet war, und sie widerstand der

Versuchung, die persönlichen Sachen ihres Mannes, die Hemden, Anzüge, Schuhkartons in dem Schrank seines Arbeitszimmers unterzubringen, wo sie sie nicht mehr vor Augen haben würde. Auch ließ sie Professor Bodewigs Kopfkissen auf dem Ehebett, ja einmal wechselte sie sogar seine Bettwäsche, obwohl sie nie benutzt worden war.

In einer Sache allerdings, obwohl Claudia sie dazu aufforderte, blieb sie unnachgiebig: Sie lehnte es ab, ihrem Mann die Schlüssel für das neue Haus am Heiligenstädter Park in die Matterhornstraße zu schicken. Ende Mai gab es eine kleine Feier, man weihte das Haus ein. Claudia war mit ihrem Verlobten aus Berlin gekommen, einige Nachbarn, mit denen Frau Bodewig schon bekannt war, brachten Blumen und Kuchen mit. Man lobte den Architekten, der sich kurz sehen ließ, und man erkundigte sich nach Professor Bodewig.

Die Mutter schwieg, aber Claudia erklärte, warum sich der Vater leider entschuldigen müsse und daß er, der immer noch an die Dahlemer Universität gebunden sei, Aussichten hätte, demnächst eine Berufung nach Wien zu bekommen. Oder er würde sich, was ebenso möglich wäre, vorzeitig pensionieren lassen.

Man sprach über das glänzende Kulturangebot, für das die Stadt weltberühmt war, empfahl Frau

Bodewig, sich um ein Abonnement für das Burgtheater oder für den Wiener Musikverein zu bemühen, und so sah man sie in den folgenden Wochen, meist allein, zweimal in Begleitung ihrer Tochter, im Parkett des Burgtheaters sitzen, und es war unverkennbar, daß die übermüdet wirkende Frau, deren tadellos frisiertes Haar auf der linken Seite von einer Spange gehalten wurde, daß sie, die Berlinerin, die sich, nachdem das Klingelzeichen zur Pause zu hören gewesen war, geduldig in die Schlange der Wartenden einreihte, um zu einem Glas Sekt zu kommen, daß Frau Bodewig, nachdem sie das Glas endlich in der Hand hielt und neben eine Säule, sozusagen zur Seite getreten war, daß sie ihre Blicke etwas verloren durch das Foyer schweifen ließ.

Sie schien in Gedanken abwesend zu sein, und während es ihr, was sie sich doch vorgenommen hatte, immer schwerer fiel, über das Benehmen ihres Mannes nicht zu mutmaßen, saß dieser in Berlin auf dem Ledersofa. Er war allein, und im Grunde gab es nichts mehr zu mutmaßen. Die Sache war klar. Noch waren die Spuren der durchwachten Nächte unübersehbar: Da lag eine zerwühlte Bettdecke, die den Bodewigs nicht gehörte. Auf einer Holzkiste, die mit Zeitungspapier abgedeckt war, standen schmutzige Gläser und leere Rotweinflaschen. Eine Untertasse hatte man als Aschenbecher benutzt, aber jene, die eine Zigarette nach der anderen geraucht hatte, war seit einigen Tagen verschwunden. Es fehlte ihre Kette aus Holzperlen, die sonst, wenn Professor Bodewig mit ihr auf dem Sofa gelegen hatte, vom Treppengeländer herabbaumelte, und es fehlten die pinkfarbenen Schuhe, die gewöhnlich auf dem Parkettboden standen.

Professor Bodewig hatte einen Schreibblock auf den Knien, und gesetzt den Fall, jemand hätte Gelegenheit gehabt, ihm über die Schulter zu sehen, er hätte bemerken können, daß er versuchte, seiner Frau einen Brief zu schreiben. Aber er strich, was er schrieb, immer wieder aus, und irgendwann, als würde ihn die Sache überfordern, legte er Schreibblock und Füllfederhalter zur Seite, beugte sich nach vorn, und nun beobachtete er, als hätte er plötzlich Augen und Ohren für Vorgänge, die er früher unbeachtet gelassen hatte, den Lichtwechsel, der sich im Haus vollzog. Draußen begann es zu dämmern, während es hier, im Innern, immer noch hell war.

›Wie ist das möglich‹, dachte Professor Bodewig, bemerkte aber, daß er sich geirrt hatte.

Auch hier wurde es schattiger, und nicht, wie man es hätte erwarten können, vom Keller oder von der Diele her. Nein, zuerst veränderte sich die Küche. Und strenggenommen waren es keine

Schatten. Weder dort noch sonstwo in der ersten oder zweiten Etage gab es etwas, das dem Lichtwechsel eine Kontur hätte geben können. Die Wände waren kahl, und da auch die Lampen an den Decken und die Vorhänge an den Fenstern fehlten, vollzog sich der Einbruch der Dunkelheit gleichmäßig und auf breiter Front. Wenig später war alles, was Professor Bodewig vor Augen gehabt hatte, in ein ununterscheidbares Schwarz getaucht, und obwohl draußen, wie immer, Verkehr war, fehlten diesmal die Scheinwerfer, die sonst Bewegung ins Zimmer der ersten Etage brachten, und nur im obersten Stockwerk, dort, wo eine Art Atelierfenster den Widerschein der Straßenlaterne hereinließ, gab es noch etwas, woran man sich hätte orientieren können. Wenn man genauer hinsah, ahnte man die offene Tür zum Schlafzimmer, und man wußte, daß von dort aus in regelmäßigen Abständen das Vorbeirattern der Wannseebahn zu hören war.

›Aber hier unten ist alles still‹, dachte Professor Bodewig und hatte plötzlich das Bedürfnis, mit seiner Tochter zu reden.

Er ging zum Telefon, wählte Claudias Nummer, und er bat sie, die ihren Anrufbeantworter eingeschaltet hatte, sowie ihr dies möglich sein würde, in die Matterhornstraße zu kommen.

»Komm am Abend«, sagte er, und als Claudia am nächsten Tag mit dem vw vorfuhr, stand die Haustür sperrangelweit offen. Lächelnd kam ihr der Vater entgegen. Er hatte sie offenbar so rasch nicht erwartet, sonst hätte er sich die Mühe gemacht, wenigstens die leeren Weinflaschen oder die Gläser wegzuräumen. Er führte sie die Treppe hinauf.

»Setz dich«, sagte Professor Bodewig und zeigte in Richtung Sofa.

Claudia zögerte. Unübersehbar, daß sie sich weigerte, ihre Zurückhaltung aufzugeben.

»Ist alles erledigt? Hast du den Mietvertrag gekündigt?« fragte sie schließlich.

Der Vater aber, als lohnte es sich nicht, auf derlei Unerheblichkeiten einzugehen, der Vater sprach davon, wie eindrucksvoll, ja faszinierend es sei, in einem leergeräumten Haus zu leben. Da die Dämmerung eingesetzt hatte, machte er sie darauf aufmerksam, wie ungewöhnlich sich der Übergang zur Dunkelheit in diesen Räumen vollzog. Und tatsächlich: Wieder, und diesmal rascher als sonst, wurde es schattiger, und nicht, wie man es hätte erwarten können, vom Keller oder von der Diele her. Nein, zuerst veränderte sich die Küche. Und strenggenommen waren es keine Schatten. Weder dort noch sonstwo in der ersten oder zweiten Etage gab es etwas, das dem Lichtwechsel eine Kontur hätte geben können. Der Einbruch der Dunkelheit vollzog sich gleichmäßig und auf breiter Front. Dies sah Claudia, und niemand hätte sie darauf aufmerksam machen müssen.

»So ist das eben«, sagte sie und musterte demonstrativ die herumstehenden leeren Weinflaschen. »Wenn man kein Licht anmacht, wird es dunkel. Und, was meinst du, sollte hier nicht weggeräumt worden sein?« fügte sie hinzu.

Der Vater gab keine Antwort, sah aber, wie einmal schon, als er den Angestellten der Speditionsfirma zu sich gebeten hatte, auf die gegenüberliegende Wand. Claudia folgte seinem Blick, konnte ein gewisses Lächeln nicht unterdrücken.

»Da ist nichts mehr«, sagte sie, in dem Versuch, dem Gespräch eine vertrauliche Wendung zu geben. Sie berührte den Vater mit dem Ellbogen. »Da ist nichts mehr«, wiederholte sie.

Der Vater aber, statt ihre Berührung zu erwidern, rückte augenblicklich von ihr ab. Er zog ein Taschentuch hervor, räusperte sich.

»Hast du etwas gegessen?« fragte Claudia.

Sie überlegte, ob sie zum Mexikoplatz gehen sollte, um ihm ein Croissant oder ein belegtes Brötchen zu holen, aber ihr fiel ein, daß sie vor Jahren während ihrer Schulzeit, frühmorgens, kaum daß sie die Schritte des Vaters gehört hatte, regelmäßig von ihrem Zimmer in die Küche gegangen war, um ihm den Tee aufzubrühen, bis er sich dies verbeten hatte.

›So war er immer‹, dachte Claudia. ›Er mochte es nicht, wenn man sich besonders um ihn kümmerte.‹ Und irgendwie blieb da, auch wenn man glaubte, ihm nahe zu sein, ein Gefühl von Fremdheit. ›Wie eben jetzt‹, dachte sie.

Die Haustür schlug zu, und auf der Straße, vielleicht weil der vw im Wege stand, begann jemand heftig zu hupen.

8

Die Sache schien ausgestanden.

»Er ist wieder allein«, sagte Claudia und forderte die Mutter auf, über das Benehmen des Vaters nicht länger zu mutmaßen.

Sie erklärte, daß der Vater, und natürlich aus eigener Schuld, in eine unmögliche Lage geraten sei und daß er nicht einmal mehr den Willen, ja die Kraft gehabt habe, die Spuren zu verwischen.

»Ich habe die Weinflaschen gesehen und die Gläser, aus denen sie getrunken haben. Aber ich kann dir versichern«, fügte sie hinzu, »daß dies alles hinter ihm liegt.«

Frau Bodewig verzog keine Miene, als sie sagte:

»Er hat uns getäuscht, und der Umzug nach Wien war lediglich eine Gelegenheit, mich loszuwerden. Nie und nimmer«, sagte sie, »hätte ich ihm so viel Schäbigkeit zugetraut.«

Ja, so viel Schäbigkeit. Dies war es letzten Endes, was auch Claudia ratlos machte. Denn immerhin: Der Vater hatte es fertiggebracht, mit einem

Flittchen, und nachdem er das Haus hatte leerräumen lassen, auf einem übriggebliebenen Sofa zu kampieren.

»Was hat er sich dabei gedacht!« rief die Mutter. »Hat er gedacht, er könnte, indem er einen Umzug vortäuscht, in aller Ruhe ein Verhältnis anfangen! Hat er gedacht, wir würden ruhig zusehen, wie er uns von Woche zu Woche mit fadenscheinigen Erklärungen abzuspeisen versucht! Und was tut er jetzt?« wollte Frau Bodewig wissen.

»Er sitzt auf dem Sofa, beobachtet den Einbruch der Dämmerung und glaubt offenbar immer noch, daß es da etwas gibt, das man hätte wegräumen müssen«, antwortete Claudia. Und als sie bemerkte, daß die Mutter schwieg und durchaus nicht in der Lage war, zu verstehen, was dies zu bedeuten hatte, fügte sie hinzu: »Er ist eben in Schwierigkeiten.«

Frau Bodewig legte den Hörer auf. Nach fünf Minuten rief sie wieder an und sagte: »Erst muß ich wissen, ob er wirklich allein ist.«.

Man kam überein, da Wagemann der einzige war, der den Vater in Begleitung einer Frau gesehen hatte, diesen zu bitten, sich nochmals zu vergewissern, ob die Sache ausgestanden war. Wagemann war einverstanden, und so fuhr er, es war das dritte Mal, mit dem alten vw zum Mexikoplatz. Diesmal parkte er, um den nötigen Abstand zu wahren, in der Limastraße, und zunächst versuchte er, als er an dem Haus in der Matterhornstraße vorbeiging, herauszufinden, ob jemand, vielleicht im ersten Stock, wo das Sofa stand, zu entdecken war. In der Küche, so kam es ihm jedenfalls vor, brannte Licht.

›Unsinn‹, dachte Wagemann, ›bei diesen ungeputzten Scheiben, in denen sich die Sonne spiegelt, kann man nichts erkennen.‹ Er sah auf die Uhr. ›Vielleicht sitzt er wieder beim Italiener‹, dachte er und schlenderte, wie einmal schon, bis zur Lindenthaler Allee, betrat die Buchhandlung in der Halle des S-Bahnhofs, blätterte eine Weile in Büchern und Zeitschriften herum, und nachdem er den Mexikoplatz überquert, nachdem er sich der Trattoria genähert hatte, entdeckte er Professor Bodewig, der in unmittelbarer Nähe zur Tür saß. Der Stuhl neben ihm war leer. Nirgends eine Spur von dem T-Shirt oder den pinkfarbenen Schuhen. Er hatte einen Teller Spaghetti vor sich, trank aus einem großen Glas Wein, und als er aufsah, als er Wagemann, der stehengeblieben war, erkannte, nahm er die Serviette ab und machte eine einladende Bewegung mit der Hand. Minuten später saßen die beiden Männer am selben Tisch, und auch Wagemann bestellte sich, nachdem Professor Bodewig ihn dazu aufgefordert hatte, einen Teller Spaghetti.

Kam es zu der gewünschten Klärung? Gelang es dem zukünftigen Schwiegersohn, herauszufinden, ob Claudia mit ihrer Vermutung recht hatte? War Professor Bodewig wieder allein? War er, aus welchen Gründen auch immer, gezwungen, künftig ohne Begleitung bei dem Italiener zu essen?

Man sah, wie die beiden angeregt miteinander redeten. Nach einer Dreiviertelstunde verließen sie das Restaurant, gingen in die Matterhornstraße zurück, und anstatt sich, was nahegelegen hätte, zu verabschieden, betraten sie den mit Steinplatten belegten Weg, der durch den Vorgarten führte. Professor Bodewig zeigte auf das Beet mit den Tulpen, die längst verblüht waren. Sie erreichten den Eingang. Man hörte ein kurzes Klappen, dann waren die beiden im Haus Matterhornstraße Nr. 6 verschwunden.

Es war spät, es war kurz nach halb zehn, als Wagemann wieder in Claudias Wohnung eintraf.

»Du hast recht, da ist niemand mehr«, sagte er. »Ich habe auch keine Gläser und keine Weinflaschen gesehen. Offenbar hat er eine Putzfrau. Alles wirkte wie gewienert, nirgends eine Spur von Staub. Bis auf die Fenster«, fügte er hinzu. »Die Fenster sehen allerdings schlimm aus.«

»Und hat er wieder behauptet, es sei nicht alles weggeräumt?«

»Nein, das hat er nicht.«

»Und die Dämmerung?«

»Die Dämmerung war allerdings kolossal«, antwortete Wagemann, und Claudia blieb nichts anderes übrig, als die wenigen Informationen telefonisch an die Mutter weiterzugeben.

Sie überlegten, ob man dem Schein trauen sollte, fanden es im übrigen gleichgültig, ob der Vater die Geliebte oder die Geliebte den Vater verlassen hatte.

»Dann wird er sich bald bei mir melden«, sagte die Mutter mit einem Unterton, der so etwas wie Genugtuung verriet.

Claudia bestand noch darauf, daß man dem Vater, der in keiner beneidenswerten Lage zu sein schien, daß man ihm zwar die nötigen, aber keine übertriebenen Vorwürfe machen solle.

»Ich will es versuchen«, sagte Frau Bodewig. »Aber«, fügte sie hinzu, »ich garantiere dafür, daß es erst einmal zu einer Auseinandersetzung kommen wird.«

9

Eine Woche später hörte Professor Bodewig, der in der Küche beschäftigt war, ein Geräusch. Versuchte da nicht jemand die Eingangstür aufzuschließen, und war es nicht vollkommen klar, daß dies nicht gelingen konnte? Er zog seine Schuhe aus, ging auf Socken in die Diele hinab. Ein energischer Griff zur Klinke, er riß die Tür auf, und nun stand er einem älteren Mann gegenüber.

»Wer sind Sie?« fragte Professor Bodewig.

Es war der Hausverwalter. Er hatte eine Aktentasche bei sich, zog einen Bogen Papier hervor.

»Wir haben ein Kündigungsschreiben aus Wien erhalten, und uns wurde mitgeteilt, daß das Haus bereits verlassen ist.«

»Das ist die Unterschrift meiner Frau«, sagte Professor Bodewig, nachdem er einen Blick auf die wenigen Zeilen geworfen hatte. »Sie hat kein Recht zu kündigen. Ich bin der Vertragspartner.«

»Ja, eben«, sagte der andere und steckte den Bogen Papier wieder ein.

Er schien mißtrauisch zu sein. Unverkennbar, daß er, der Professor Bodewig über die Schulter sah, darauf aus war, sich im Innern des Hauses umzusehen, und nachdem Professor Bodewig ihn durch alle Etagen geführt und ihm den verfärbten Putz an der Decke gezeigt hatte, wies der Hausverwalter zuletzt auf die kahlen Wände und fragte:

»Das Haus ist also doch nicht mehr bewohnt?«

»Wie kommen Sie darauf?«

»Sonst würden hier Möbel stehen.«

»Ich habe ein Sofa, ein frisch renoviertes Bad, Tisch und Stühle stehen in der Küche. Wie ich das Haus einrichte, müssen Sie schon mir überlassen«, sagte Professor Bodewig.

Er erklärte, daß er in Eile sei. Er müsse in die Universität. Er begleitete den Hausverwalter zum Eingang zurück, sah, wie dieser zögernd durch den Vorgarten zur Matterhornstraße ging. Dort setzte er die Aktentasche ab, drehte sich nochmals um und musterte die Hausfassade.

Nach dieser Begegnung hatte Professor Bodewig schlechte Laune und betrat nur unwillig den Hörsaal, der bis auf den letzten Platz besetzt war. Obwohl das Rauchen verboten war, lag Zigarettenqualm in der Luft. Es wurde gekichert.

›Man muß schon sehr selbstverliebt sein, um vor immer neuen Semestern den immer gleichen

Lehrstoff vorzutragen‹, dachte Professor Bodewig und bemerkte zum ersten Mal, daß die Manuskripte in dem Leitzordner abgegriffen, ja zerfleddert wirkten.

Wie oft hatte er sie benutzt? Annähernd zwanzig Jahre. Sicher, er hatte die Themen ständig erweitert und auf den neuesten Stand gebracht. Er mußte wechselnde Moden, die es auch in seiner Fachrichtung gab, berücksichtigen, aber letzten Endes sagte er immer dasselbe, und heute ertappte er sich dabei, daß er darüber vor den Studenten zu witzeln begann.

Am Abend fuhr Professor Bodewig nach Stadtmitte. Claudia hatte ihn zum Essen eingeladen, und hier, wo Kerzen auf einem gedeckten Tisch brannten, wo er einen guten Rotwein zu trinken bekam, hier hätte Professor Bodewig die Möglichkeit gehabt, sich endlich zu erklären. Oder er hätte, wenn er dies scheute, wenigstens mit einigen Bemerkungen über das, was er demnächst vorhatte, Auskunft geben können. Und natürlich wäre Claudia auch bereit gewesen, über alles, was sie und vor allem die Mutter gekränkt hatte, kein Wort zu verlieren, wenn der Vater nur etwas umgänglicher gewesen wäre.

»Ich soll ausrichten: Von Wien aus gibt es keinen Grund, den Umzug länger hinauszuzögern. Was auch immer vorgefallen ist, es ist vergessen und verziehen«, sagte sie.

Aber der Vater tat, als wüßte er nicht, wovon sie redete. Er bedankte sich für das Essen, nippte an seinem Glas, erkundigte sich nach Wagemann, den er zu vermissen schien, und das Gespräch, das sie über belanglose Dinge führten, wurde quälender und quälender, bis der Vater, dem die Enttäuschung der Tochter durchaus nicht gleichgültig war, bis der Vater, wohl in der Absicht, das unwürdige Versteckspiel zu beenden, fragte:

»Und wann wollt ihr heiraten?«

»Nicht vor dem nächsten Sommer.«

»Dann grüß Wagemann von mir. Wir hatten, sozusagen von Mann zu Mann, ein wunderbares Gespräch. Er soll meine Ratschläge nicht vergessen«, fügte Professor Bodewig hinzu.

Und nun, nachdem er aufgestanden war, sah er der Tochter ins Gesicht, die offenbar Mühe hatte, ihre Empörung zu unterdrücken darüber, daß der Vater es gewagt hatte, ihrem Verlobten, nachdem er sich selbst derart schäbig verhalten hatte, Ratschläge zu erteilen.

›Was für Ratschläge werden das wohl gewesen sein?‹ dachte Claudia und nahm sich vor, darauf zu achten, daß Wagemann nicht nochmals in die Nähe des Mexikoplatzes geriet.

Auch sie erhob sich, gab dem Vater die Hand, wandte sich aber ab, so daß er sie nicht, wie üblich, zum Abschied auf die Stirn küssen konnte, und in die Matterhornstraße zurückgekehrt, dauerte es eine Weile, ehe Professor Bodewig seinen Mantel auszog. Auch den Hut hatte er nicht abgelegt, als er die Treppe hinauf in sein ehemaliges Arbeitszimmer ging, und er stand, nachdem er den Autoschlüssel, die Brieftasche, einiges Kleingeld abgelegt hatte, wie unentschlossen da. Er hielt sich ganz unbeweglich, spürte, da er wieder die Haustür offengelassen hatte, wie es zog und wie würzig, wie erfrischend die Luft war, die aus Richtung Nordosten, von der Seen- und Havelgegend, herüberwehte.

10

Einmal noch durfte Professor Bodewig sicher sein, daß ihm der Umzug in das Heiligenstädter Haus offenstand und daß seine Frau, statt Konsequenzen zu ziehen, sich seinetwegen Sorgen machte. Ein erneuter Versuch, ihn anzurufen, kam nicht in Frage. Ebenso weigerte sie sich, ihm einen Brief zu schreiben. Aber sie spielte mit dem Gedanken, in aller Heimlichkeit nach Berlin zu fliegen. Und wer hätte sie daran hindern können, mit dem Taxi in die Matterhornstraße zu fahren? Sie wäre zu Hause gewesen, und sie hätte alles Recht der Welt gehabt, das gewohnte Schlüsselbund hervorzuziehen und, wie sie es jahrzehntelang getan hatte, die Tür aufzuschließen. Sicher, sie mußte damit rechnen, daß man das Schloß ausgewechselt hatte und daß ihr, wenn sie gezwungen sein würde zu klingeln, niemand öffnen würde.

»Gerhard!« würde sie rufen und immer wieder: »Gerhard!«, während sie vom Vorgarten aus versuchen würde, durch das Fenster in die Diele zu sehen.

Zuletzt würde sie wieder ins Taxi steigen, um sich zur nächstbesten Pension fahren zu lassen. Sie würde früh zu Bett gehen, hätte das Fenster geöffnet, würde auf das Geschnatter der Stockenten auf dem Schlachtensee hören, und sie würde es unfaßbar finden, daß ihr Mann, keine anderthalb Kilometer entfernt, ebenfalls bei offenem Fenster dalag und daß es unmöglich geworden war, miteinander Kontakt aufzunehmen.

›Und doch‹, dachte sie, ›haben wir vor einem Vierteljahr noch in ein und demselben Zimmer geschlafen!‹

Und merkwürdig: Obwohl all diese Umstände kränkend gewesen wären, überlegte Frau Bodewig, ob ein Zusammenleben, gesetzt den Fall, ihr Mann würde mit ihr nach Wien zurückfliegen, noch möglich sein würde, und sie ertappte sich dabei, daß sie daran keineswegs zweifelte. Er, der sich hartnäckig verweigerte, der sie womöglich dazu gezwungen hätte, in Berlin, wo sie geboren und aufgewachsen war, in einer anonymen Pension zu übernachten, jener, der etwas vierschrötig wirkte und für dessen breite Schultern es oft schwer war, das passende Jackett zu finden, war ihr immer noch vertraut.

Und Professor Bodewig?

›Auf zu neuen Ufern‹, dachte er und versuchte

sich zu erinnern, wann ihm diese Redensart das erste Mal in den Sinn gekommen war.

Als er das Bad aufräumte, fand er einen Armreif, der hinter das Waschbecken gerutscht war. Er wollte ihn in einen Briefumschlag stecken, fand auch die Adresse, die er auf die erste Seite des Telefonbuchs geschrieben hatte, aber zuletzt warf er ihn doch zu dem Müll in die Plastiktüte. Er hatte endlich seinen Umzug vorbereitet, hatte sich für die restlichen Sachen einen neuen Koffer gekauft. Die wenigen Möbel wollte er als Sperrmüll abholen lassen, und er beschloß, sowie sich die Gelegenheit dazu bot, seine frühzeitige Pensionierung zu beantragen.

›Es ist besser für uns. Die ewige Reiserei nach Dahlem und wieder zurück nach Wien wäre auf die Dauer nicht durchzuhalten‹, dachte Professor Bodewig, obwohl er wußte, daß er die restlichen Sachen niemals in den neuen Koffer packen, daß er niemals die wenigen Möbel als Sperrmüll abholen lassen und daß er auch niemals zu seiner Frau nach Heiligenstadt ziehen würde.

Ein einziges Mal noch war er versucht, ihr dies mitzuteilen. Er öffnete die Pappschachtel, um den Brief, den er vor Wochen geschrieben und verworfen hatte, zu überprüfen. Er überflog die ersten Zeilen, schüttelte den Kopf über die fahrige, beinahe unleserliche Schrift. Aber anstatt nun zu Schreibblock und Füllfederhalter zu greifen, um einen neuen Brief zu schreiben, erhob er sich, zog das Jackett an und ging, wie es immer noch seine Gewohnheit war, zu dem Italiener essen. Diesmal war das Restaurant überfüllt. Man hatte Tische zusammengerückt, war ausgelassener Stimmung, offenbar feierte jemand seinen Geburtstag. Professor Bodewig saß nicht in der Nähe der Tür. Man hatte ihm einen Platz im Nebenraum zugewiesen. Dort trank er seine halbe Flasche Amarone, und er mußte, als er in die Matterhornstraße zurückgekehrt war, nicht lange auf den Einbruch der Dunkelheit warten.

Regelmäßig wie eh und je, der Jahreszeit entsprechend etwas später, begann es schattiger zu werden, aber nicht, wie man es hätte erwarten können, vom Keller oder von der Diele her. Nein, zuerst veränderte sich die Küche. Und strenggenommen waren es keine Schatten. Weder dort noch sonstwo in der ersten oder zweiten Etage gab es etwas, das dem Lichtwechsel eine Kontur hätte geben können. Die Wände waren kahl, und da auch die Lampen an den Decken und die Vorhänge an den Fenstern fehlten, vollzog sich der Einbruch der Dunkelheit gleichmäßig und auf breiter Front. Und es war schon erstaunlich, daß Professor Bodewig nach so vielen Wochen, oder waren es Monate, immer noch, um den Vorgang zu beobachten, weit nach vorn gebeugt auf dem Ledersofa saß. Und war da nicht auf der gegenüberliegenden Wand, wenn die Schattengrenze darüber hinwegging, etwas zu sehen, das dort nicht hingehörte oder von dem man hätte vermuten können, daß es nicht weggeräumt worden war? Und dies, worüber schon Claudia und vorher der Angestellte der Speditionsfirma ein gewisses Lächeln nicht hatten unterdrücken können und von dem auch Professor Bodewig wußte, daß es eine Täuschung war, dies war es, was ihm das Gefühl gab, auf dem richtigen Weg zu sein.

Auf dem richtigen Weg wohin? Um sich darüber Klarheit zu verschaffen, war das Fortschreiten der Dämmerung von zu kurzer Dauer. Obwohl draußen wie immer Verkehr herrschte, fehlten die Scheinwerfer, die sonst Bewegung in das Zimmer der ersten Etage brachten, und da es so war und da auch das Atelierfenster im obersten Stockwerk den Widerschein der Laterne, an dem man sich sonst orientieren konnte, nicht mehr hereinließ, war es nur selbstverständlich, daß zuletzt alles, was Professor Bodewig vor Augen gehabt hatte, in ein ununterscheidbares Schwarz getaucht war, und der Eindruck, er befände sich am Rande eines Abgrunds, war nun vollkommen, obwohl er wußte, daß da immer noch die steile Treppe war, die in die Diele und darüber hinaus in die Kellerräume führte.

Leptis Magna

I

Van der Velde hatte versprochen, Sibylle zu heiraten. Nicht direkt und auch nicht mit der von ihr gewünschten Entschiedenheit, so daß sie sich für die nächste Zukunft darauf hätte einstellen können, aber sie waren schon so lange und so selbstverständlich miteinander liiert, daß es beinahe etwas Lächerliches hatte, diesen letzten Schritt, der lediglich eine Formalität war, immer wieder hinauszuschieben. Sie lebten in einer Eigentumswohnung am Nikolsburger Platz, die Sibylle von ihren Eltern geschenkt bekommen hatte, und van der Velde hatte darauf bestanden, die Kaufkosten anteilig zu übernehmen. Das heißt, er zahlte monatliche Raten, etwa dreihundert Euro, und Sibylle war es nicht gelungen, ihm diese Geste, die seinen Stolz betraf und eher symbolisch gemeint war, auszureden.

Van der Velde war Computerfachmann bei Schering und verdiente ausreichend Geld. Er wurde allgemein geschätzt, weil er besonders zuverlässig war, und was er in der Firma nicht erledigen konnte, das nahm er mit nach Hause. Oft arbeitete er am Wochenende bis in die Nacht hinein, und Sonntag morgens saß er mit seiner Kaffeetasse vor der Bücherwand und hatte Mühe, eine gewisse Tranigkeit loszuwerden. Am Nachmittag empfing er in demselben Zimmer Besuch, und manchmal konnte es vorkommen, daß die Tür geöffnet wurde. Dann trat Sibylle ein, die, ohne ein Wort zu sagen, zur Bücherwand ging, wo sie etwas heraussuchte oder zurückstellte, um danach, so lautlos und unauffällig, wie sie gekommen war, wieder zu verschwinden.

Mitte Oktober feierte Sibylle ihren fünfunddreißigsten Geburtstag. Das heißt: Noch waren in der Wohnung am Nikolsburger Platz die Gardinen zugezogen, in der Küche stand der Abwasch vom Vortag, ein Handtuch lag auf der Badezimmermatte, über der Wanne tropfte der Wasserhahn, aber gegen acht Uhr, als die Dämmerung sich im Korridor bemerkbar machte, brannte in der Bibliothek plötzlich eine Kerze, und auf dem kleinen Tisch, der in die Mitte gerückt war, lagen die Geschenke. Es waren Bücher, darunter eine Neuerscheinung auf dem Gebiet der Rechtswissenschaft, und in einer länglichen Schachtel, die aufgeklappt war, lag ein Halsband mit einem blaßgrünen Stein. Van der Velde hatte sich aus dem Schlafzimmer geschlichen. Er wartete geduldig, und natürlich bemerkte Sibylle, nachdem sie aufgewacht und auf den Flur hinausgetreten war, den Lichtschimmer über der Schwelle zur Bibliothek.

»Happy birthday to you!« rief van der Velde, so wie es seit Jahren allerüblichste Gewohnheit war.

Sibylle öffnete die Tür, trat vor den Tisch, und auch an der Rührung, die sie empfand, und daß sie van der Velde, bevor sie die Geschenke zur Kenntnis nahm, erst einmal umarmte, auch daran hatte sich nichts geändert. Der Geburtstag war wieder einmal ein Beweis, wie vertraut sie miteinander waren, und Sibylle konnte sicher sein, daß van der Velde auch für dieses Mal ein besonderes Restaurant ausgesucht hatte.

Am Abend, sie trug das neue Halsband, er seinen Anzug mit der bunten Weste, am Abend fuhren sie nach Prenzlauer Berg und aßen ausgiebig, obwohl sie beschlossen hatten abzunehmen. Um Mitternacht tranken sie noch einige Gläser Grappa, und auf der Heimfahrt, als sie im Taxi saßen, ließ van der Velde Sibylles Hand nicht los.

Am nächsten Morgen saß er mit seiner Kaffeetasse vor der Bücherwand und hatte wieder Mühe, eine gewisse Tranigkeit loszuwerden. Sibylle blätterte in den Büchern, die sie geschenkt bekommen hatte, und besonders die Kommentare zu irgendwelchen umstrittenen Rechtsfällen erinnerten sie daran, daß es an der Zeit war, an die Universität zurückzukehren. Sie hatte mehrmals das Studienfach gewechselt, hatte während des Jurastudiums das erste Examen nicht bestanden.

»Was ist schon dabei. Du wiederholst das Ganze und damit basta!« hatte van der Velde gesagt.

Inzwischen waren Monate vergangen, und daß er die Sache nicht mehr erwähnte, ihr aber das Buch geschenkt hatte, dies nahm Sibylle als sanfte Aufforderung, in dieser Sache endlich weiterzukommen. Weiterzukommen... Es war ein Wunsch, über den sie in letzter Zeit nachgedacht hatte, und van der Velde spürte sehr wohl, daß es ihr immer schwerer fiel, Anfälle von Unentschlossenheit abzuwehren.

›Vielleicht braucht sie Tapetenwechsel‹, dachte er, und eines Tages sprach er davon, daß er Lust hätte, nach Nordafrika zu reisen. Nicht nach Tunesien oder Marokko, Reiseziele, die in Mode gekommen waren, nein, er sprach davon, daß es an der libyschen Küste Nekropolen gäbe...

»Sie sind so gut wie vergessen«, sagte er.

Er hatte einen Bildband auf den Knien. Sibylle, die ihm über die Schulter sah, mußte zugeben, daß die doppelseitigen Fotografien, die er vor ihr ausbreitete, eindrucksvoll waren. Man sah das Meer, davor antike Trümmer, die sich kilometerweit hinzogen, und van der Velde versicherte, daß die berühmte Ruinenstadt problemlos zu erreichen sei.

»Entweder«, sagte er, »wir buchen eine Rundreise an die nordafrikanische Küste, oder wir fliegen auf eigene Faust nach Tripolis und mieten uns dort einen Jeep«, und am Abend, sie waren zu Sibylles Eltern gefahren, am Abend kam er darauf zurück.

»Ihr wollt nach Leptis Magna?« Der Vater zog die Augenbrauen hoch. »Und über Tripolis! Das würde ich euch nicht raten.«

Und auch, als van der Velde darauf hinwies, daß es durchaus einen vom Staat organisierten Fremdenverkehr nach Libyen gab, blieben Sibylles Eltern skeptisch: Nie und nimmer sollte man sich überreden lassen, in solch eine unsichere Gegend zu reisen, und womöglich mitten durch die Wüste! Es gab lohnendere und vor allem bequemere Ziele.

»Und falls ihr endlich tut, wozu ihr euch entschlossen habt«, sagte Sibylles Mutter, »zahlen wir euch die Reise nach Neuseeland.«

Ja, die Reise nach Neuseeland... Sibylle und van der Velde waren deswegen einige Male im Touristenbüro gewesen, hatten aber die Angebote in den

Prospekten nie ernsthaft in Erwägung gezogen. Jetzt wechselte Sibylle, um keine Verlegenheit aufkommen zu lassen, das Thema.

»Aber Kind«, sagte die Mutter, als die Männer im Nebenraum Schach spielten. »Du kannst nicht immer nur Rücksicht nehmen. Und worauf schließlich! Es wäre doch wirklich nicht zu viel verlangt, da ihr es beide wünscht und auch schon seit langem plant, endlich in die Flitterwochen zu fahren! Allein ist van der Velde doch ständig unterwegs. Heute in Hamburg, morgen in Mailand. Neulich war er eine Woche in Sibirien.«

»Das sind Firmenreisen. Das läßt sich nicht ändern.«

»Und was tut er da?«

»Er schult das Personal für die richtige Einstellung der Software«, antwortete Sibylle. Und als die Mutter nochmals darauf bestand, daß es an der Zeit sei zu heiraten, versuchte Sibylle über die Gründe zu sprechen, die sie veranlaßten, van der Velde gegenüber etwas, und dies war es, was die Mutter ärgerte, zu nachsichtig zu sein.

Es war nichts Neues, was die Mutter zu hören bekam. Etwa, daß van der Velde von Natur aus zögerlich sei und sicher auch gewisse Ängste hätte, sich endgültig zu binden. Daß man sich aber trotzdem auf ihn verlassen könne.

»Van der Velde liebt mich«, sagte sie. »Und er weiß sehr wohl, was ich von ihm erwarten darf.«

Die Mutter verstand nicht, was sie damit meinte. Sibylle lächelte, denn auch dem Vater hatte sie nie verständlich machen können, warum sie an van der Velde besonders dessen Schwächen liebte. Auch jene, die kaum der Rede wert waren, obwohl sie oft zu Peinlichkeiten führten. Er konnte nicht lügen, ohne rot zu werden, er konnte keine Vertraulichkeit bei sich behalten, auch wenn man ihn ausdrücklich darum gebeten hatte, und er war mitunter auf harmlose Weise rücksichtslos. Wie eben jetzt, indem er wieder einmal viel zu lange Schach spielte. Und daß er, obwohl sie ihm das dritte Mal zugerufen hatte, »es ist spät, bitte keine neue Partie mehr«, daß er ihren Wunsch, endlich aufzubrechen, derart hartnäckig, und ohne zu antworten, ignorierte, dies war etwas, worüber sie sich ärgerte. Trotzdem:

›Er spielt eben gern‹, dachte Sibylle und hörte der Mutter, die mit ihren gutgemeinten Ratschlägen zu keinem Ende kam, wieder zu.

Was hatte sie gesagt? Daß Sibylle, falls sie Kinder haben wollte, beinahe keine Zeit mehr blieb.

»Du bist nicht mehr die Jüngste. Es könnte Komplikationen geben. Und natürlich«, sagte die Mutter, »bevor du dein Examen nicht gemacht hast, wäre es unverantwortlich, Kinder in die Welt zu setzen.«

Vom Wohnzimmer her hörte man die Standuhr schlagen. Es war ein Erbstück aus der Belle Époque.

2

Leptis Magna? Gab es Gründe, warum van der Velde ausgerechnet diese und keine andere antike Sehenswürdigkeit besichtigen wollte? In Italien oder Griechenland, aber auch in der Türkei wurde Vergleichbares, wenn nicht Großartigeres und besser Erhaltenes angeboten. Auch hatte Sibylles Vater recht mit dem Hinweis, es sei gefährlich, sich in den Machtbereich eines unberechenbaren Regimes zu begeben.

Die Küste zwischen der Großen und der Kleinen Syrte war eine Gegend im politischen Abseits, und es war lange her, daß man Archäologen erlaubt hatte, Neuausgrabungen vorzunehmen. Hin und wieder sah man kleine Gruppen von Touristen, die mit Bussen von Tripolis nach Zliten gefahren wurden und denen es erlaubt war, in den Ruinen einige Stunden zu verweilen. Oder man sah einen Bauwagen, der Geräte herbeischaffte, mit denen Arbeiter hier und dort Aufräumarbeiten erledigten, um, bevor die Dämmerung einsetzte, wieder zu verschwinden. Und wenn sie es besonders eilig hatten, konnte man sicher sein, daß sich eine Wolkenwand von Südwesten her am Horizont hochschob und daß der Wind stärker wurde und daß man zuletzt, wenn ein Sturm aufkam und die Luft voller Sand war, die Augen nicht mehr offenhalten konnte, und dann bot auch der letzte Winkel in der severischen Basilika keinen Schutz mehr. Das Zuwehen der Gassen und Plätze, der kniehohen Mauerreste, der umgestürzten Säulen und aufgeschichteten Steinplatten dauerte ewig.

In der Stille, die folgte, und gesetzt den Fall, es wäre jemandem gelungen, die Nacht über in einer geduckten Stellung zu verharren, in der Stille nach dem Sturm hätte man sich davon überzeugen können, daß Teile der Kolonnadenstraße verschwunden waren, und am Tiberiusbogen hatte sich das Kapitell über der Inschrift gelockert. Aber da war niemand, der dies hätte bemerken können, außer vielleicht einem Schakal, der gleichgültig an den grasüberwachsenen Pflastersteinen herumschnüffelte. Ansonsten galt seit über eintausend Jahren, seit die Ruinen den Angriffen vom Festland, von der Wüste im Südosten, aber auch von Norden, vom Wasser her, ausgesetzt waren, immer noch, was Sidi Mahrez, ein Dichter des Mittelalters, beim Anblick einer solchen Gegend aufgeschrieben hatte:

»Warum diese Leere nach der Freude?
Dieses Elend nach dem Glanz?
Dieses Nichts, wo einst die Stadt war?
Wer gibt uns die Antwort? Nur der Wind.«

3

Sibylles Eltern hatten kurz nach ihrer Geburt geheiratet, und sie waren stolz darauf, daß sie es in ihrer Ehe zu etwas gebracht hatten. Was sie sich wünschten, konnten sie sich leisten. Es war ja nichts weiter, außer daß die Mutter alle paar Jahre die Kücheneinrichtung erneuerte, und er, der Vater, fuhr gern schnelle Wagen, eine Leidenschaft, die ihnen beinahe zum Verhängnis geworden wäre. Mit überhöhter Geschwindigkeit war er nachts, als man von einer Geburtstagsfeier auf dem Heimweg war, mit dem Wagen aus einer Kurve geraten. Sie hatten sich überschlagen, wurden schwer verletzt.

Sibylles Mutter konnte sich nach einigen Operationen wieder frei bewegen, er aber, Sibylles Vater, hatte seit dem Unfall einen leblosen Arm, der schlaff herunterhing, so daß er sich bei körperlichen Arbeiten, etwa wenn er im Lagerraum seiner Firma nach den schweren Kisten mit den Ersatzteilen griff, regelmäßig überanstrengte. Er war unfähig, sich zu schonen, und dann konnte es vorkommen, daß seine

Frau ihm Vorhaltungen machte und daß es, da er flapsig antwortete, zu einem Wortwechsel kam. Aber sie stritten nicht. Sie waren zu routiniert, wohl auch zu nüchtern und immer an der Sache, um die es ging, ausgerichtet. Sie waren eben kein Liebespaar mehr, sondern Geschäftsleute, die erfolgreich zusammenarbeiteten. Er hatte die Firma gegründet, die immerhin auf eine Belegschaft von dreißig Mann angewachsen war, sie war für die Buchhaltung verantwortlich.

»Werner Bertram, Elektroinstallationen« stand auf der Visitenkarte und am unteren Rand, in etwas kleinerer Schrift: »Dipl. Ing. Helma Bertram, Geschäftsführung.«

Dies wurde regelmäßig nachgedruckt, und es war selbstverständlich, daß das Ehepaar darauf wartete, daß auch Sibylles Beziehung zu van der Velde endlich Konturen gewann. Das heißt, man wollte mit den beiden, nachdem sie geheiratet hatten, darüber reden, ob van der Velde bereit sein würde, irgendwann die Firma zu übernehmen, und daß Sibylle als zukünftige Juristin die Büroarbeit noch besser im Griff haben würde als die Mutter, dies schien jetzt schon ausgemacht.

Die Zuversicht der Eltern war nicht unbegründet: Im November begann Sibylle und ohne daß es, was van der Velde behauptete, nötig gewesen wäre, einige Wochen Urlaub zu machen, im November begann sie mit den Vorbereitungen für das Examen, und sie hatte sich diesmal, um sicherzugehen, einem zweiten Repetitor anvertraut, mit dem sie vor allem am Wochenende mehrere Stunden Paragraphen aus dem Zivilrecht paukte. Sie schien wie verwandelt: Wo sie vor Wochen noch Gelegenheiten zur Ablenkung gesucht hatte, wo sie am Sonntag morgen neben dem erschöpften van der Velde, der die halbe Nacht über gearbeitet hatte, völlig grundlos, sie selbst hatte ja, außer einigen Einkäufen, nichts erledigt, wo sie einfach nur dagesessen und sich, wie van der Velde, der an seiner Kaffeetasse nippte, einem Gefühl von Trägheit überlassen hatte, dort glänzte sie jetzt durch Abwesenheit. Kaum war sie vom Repetitor zurückgekehrt, ging sie in ihr Zimmer, um sich erneut in Fachliteratur zu vergraben.

Und sie hatte Erfolg. Diesmal bestand sie alle Prüfungen und ohne daß es nötig gewesen wäre, ein Beruhigungsmittel einzunehmen. Die Schachtel mit der Aufschrift »Tavor« stand unbeachtet in dem Schränkchen über dem Waschbecken. Darauf war Sibylle stolz, und nun erst war sie bereit, dem Drängen der Eltern eine gewisse Berechtigung zuzubilligen. Sicher, sie hatte noch die Referendarzeit vor sich, und erst nach dem zweiten Examen war die Ausbildung abgeschlossen, aber was sprach dagegen, jetzt schon die entscheidende Reise, die sie für die Flitterwochen eingeplant hatten, anzutreten. Van der Velde war dafür.

»Gehen wir also ins Touristenbüro«, sagte er.

»Ja, tut das. Erkundigt euch, welches die günstigste Jahreszeit für diese Gegend ist«, sagte die Mutter.

Der Vater drückte Sibylle einen Scheck in die Hand, und nun war allen klar, daß der Flug in den südlichen Pazifik unmittelbar bevorstand, wenn nicht in den nächsten Wochen, dann eben etwas später. Man begann mit den Vorbereitungen. Das heißt, van der Velde blätterte in dem Großen Weltatlas, entdeckte, daß Neuseeland Ähnlichkeit mit Italien hatte.

»Auch hier die Form eines Stiefels«, sagte er und hielt Sibylle den Atlas hin. »Nur daß die Spitze nicht nach Süden, sondern nach Norden zeigt.«

Er meinte, daß es nötig sei, einen Reiseführer zu kaufen, und als er ihn auf dem Tisch hatte, machte er sich Notizen. Sibylle rechnete damit, daß er ihr eine Route vorschlagen würde. Vielleicht von Auckland nach Wellington und weiter die Küste entlang bis nach Christchurch. Oder man würde auf einer der vorgelagerten Inseln anderthalb Wochen bleiben. Aber wie gespannt sie auch wartete, am nächsten Tag waren Notizblock und Reiseführer verschwunden. Van der Velde saß wieder vor dem Computer, und dies konnte Sibylle, es genügte ein flüchtiger Blick, mit Sicherheit sagen: Was er aus dem Internet abrief, waren keine Reiserouten mehr, es waren die üblichen Arbeiten, die er im Auftrag seiner Firma zu erledigen hatte. Irgendwann packte er seinen kleinen Koffer und erklärte: Er müsse für einige Tage verreisen, vielleicht bis zum Wochenende, aber es könne auch sein, daß die Firma ihn noch nach Zürich schicken würde.

»Und wo fährst du zuerst hin?« fragte Sibylle.

»Nach Köln«, antwortete van der Velde.

Er ging zur Garderobe, zog den Mantel an, konnte ein verlegenes Lächeln nicht unterdrükken, und obwohl Sibylle der Mutter vor kurzem noch versichert hatte, van der Veldes Geschäftsreisen müsse man akzeptieren, spürte sie diesmal ein Unbehagen, vor allem, weil er keinerlei Anstalten machte, den Zweck und die Eile seines Aufbruchs näher zu erklären. Als van der Velde, den Koffer in der Hand, sich schon verabschiedet hatte, als er, da das Licht im Treppenhaus ausging, rasch zum Schalter trat, um es wieder anzumachen, als Sibylle, sie nickte ihm nochmals zu, die Tür schließen wollte, stand er plötzlich ganz nahe vor ihr und sagte:

»Das mit Neuseeland sollten wir uns nochmals überlegen. Ich wäre für Leptis Magna. Du erinnerst dich, wir haben neulich darüber gesprochen.«

»Du bist nervös, du darfst das Flugzeug nicht verpassen«, antwortete Sibylle und sah ihm nach, sah, wie van der Velde Mühe hatte, die Fahrstuhltür offenzuhalten, und als sie das Badezimmer aufräumte, bemerkte sie, daß er die Tasche mit den Waschutensilien vergessen hatte. Als sie im Treppenhaus Schritte hörte, stand sie, die Tasche in der Hand, wieder in der offenen Tür. Sie rechnete damit, daß er zurückkommen würde. Aber da war niemand, sie hatte sich offenbar geirrt, und nun zögerte sie, in die Wohnung zurückzutreten, in die Wohnung, in der sie in den nächsten Tagen, solange van der Velde abwesend sein würde, saubermachen wollte.

4

Eine Woche später war van der Velde wieder zurück, und er bemerkte sofort die geputzten Fenster und daß die Vorhänge im Schlafzimmer frisch gebügelt waren. Er sah, daß der Teppichboden weniger Flecken hatte, und es war ihm ein Bedürfnis, dies alles anzuerkennen. Überhaupt war er, was die Banalitäten des Zusammenlebens betraf, überaus rücksichtsvoll. So achtete er beim Duschen darauf, daß der Spiegel im Badezimmer keine Spritzer bekam, oder er nahm, wenn er meinte, es sei nötig, unaufgefordert den Staubsauger in die Hand, und wenn in der Küche Geschirr herumstand, weil Sibylle keine Zeit gehabt hatte, sich darum zu kümmern, erledigte er alles ohne Aufhebens und räumte es in den Schrank zurück. Es waren Selbstverständlichkeiten, über die beide kein Wort verloren, und daß van der Velde, nachdem er aus Köln, oder war es Zürich, zurückgekehrt war, daß er, obwohl sie beschlossen hatten, die kommende Woche ins Reisebüro zu gehen, um den Flug nach Neuseeland zu buchen, daß er nicht mehr darüber sprach, auch dies war kein Grund zu Reibereien. Mein Gott, ob man nun ein halbes Jahr früher oder später in einer Gegend, auf die man neugierig war, unterwegs sein würde, darauf kam es nicht an!

›Und wer eine Hochzeitsreise plant, sollte erst einmal heiraten‹, dachte Sibylle und lächelte.

Am Wochenende hatte van der Velde den üblichen Besuch, und auch Sibylle ließ sich, wie es ihre Gewohnheit war, irgendwann blicken. Ein flüchtiges Kopfnicken, wortlos ging sie zur Bücherwand, suchte etwas heraus, um danach, so lautlos und unauffällig, wie sie gekommen war, wieder zu verschwinden. Der übliche Besuch, das war Martin, ein junger Mann, der Informatik studierte und der mit van der Velde über Computerprogramme fachsimpelte. Bei welcher Gelegenheit sie sich kennengelernt hatten, wußte Sibylle nicht zu sagen, und wenn die beiden zusammensaßen, war da ein merkwürdiger Kontrast: Van der Velde wirkte, vielleicht weil er den Ansatz einer Glatze hatte und weil es ihm nicht gelang abzunehmen, van der Velde wirkte, als hätte er schon einiges hinter sich, während der andere durch sein knabenhaftes Aussehen und durch die unbedingte Art, mit der er sich äußerte, den Eindruck erweckte, er hätte gerade erst das Abitur gemacht.

›Dabei ist er auch über dreißig‹, dachte Sibylle, als sie in ihr Zimmer, das neben der Bibliothek lag, zurückgekehrt war.

Sie hatte sich Fachliteratur zurechtgelegt, wollte sich konzentrieren. Aber sie hörte, was die beiden miteinander zu bereden hatten, obwohl die bleiverglaste Verbindungstür zwischen den Zimmern für immer geschlossen und mit einem Vorhang zusätzlich abgedichtet worden war. Offenbar war ihr kurzes Erscheinen nicht unbemerkt geblieben. Sie hörte die tiefe Stimme van der Veldes und wie er darüber sprach, daß sie, Sibylle, einige Wochen Ferien nötig hätte, und wieder fiel der Name Leptis Magna, und wieder versicherte van der Velde, daß die berühmte Ruinenstadt, falls man sich keiner Reisegruppe anschließen wollte, auch mit dem Jeep von Tripolis aus bequem zu erreichen sei.

Sibylle, die nicht wollte, daß man hinter ihrem Rücken über sie redete, erhob sich, ging in die Bibliothek zurück. Sie zog einen Stuhl heran, und nun unterhielt man sich. Zunächst über Belanglosigkeiten, die man sofort wieder vergaß, und war es nun, weil Sibylle erwähnte, daß ihr bis zur Beendigung des Jurastudiums wenig Zeit blieb, oder war es, weil van der Velde darüber klagte, daß er Mühe habe, die Termine der nächsten Monate unter einen Hut zu bringen, irgendwann ertappten sie sich dabei, daß sie immer wieder das Wort »Zeit« benutzten.

»Worüber reden wir eigentlich«, sagte van der Velde, griff zu seinem Konversationslexikon und begann, nachdem er gefunden hatte, was er suchte, und als würde es ihn amüsieren, daraus vorzulesen. »Zeit«, las er, »ist die nicht umkehrbare, unwiederholbare Aufeinanderfolge von Veränderungen und Ereignissen. Häufig wird von der meßbaren sogenannten objektiven Zeit die subjektive, auf dem sogenannten Zeitbewußtsein basierende Zeit unterschieden. Zeit wird aufgefaßt als homogenes, teilbares Kontinuum ... Das kann man auch einfacher erklären«, sagte van der Velde.

»Dann tu's doch«, sagte Sibylle.

Van der Velde klappte das Buch zu, und nun herrschte ein längeres, irgendwie merkwürdiges Schweigen.

5

In Berlin wurde es kälter, es begann zu schneien. In Leptis Magna wurde es, nachdem ein Gewitterregen niedergegangen war, wieder warm, und der Wind, ja der ewige Wind, der tagsüber vom Meer, nachts aus dem Landesinneren herüberwehte, trocknete die Regenpfützen. Nur auf dem severischen Forum, vielleicht weil die Bodenplatten hier besonders dicht mit Geröll aus Marmor und Kalkstein übersät waren, hielt sich die Feuchtigkeit. Dampf stieg auf. Ein süßlicher Geruch lag überall in der Luft.

Man hätte die größeren Trümmerstücke ordnen und übereinanderstapeln können, so wie es rechter Hand mit den Gesimsen, die man mit eisernen Klammern gesichert hatte, geschehen war. Man hätte so mehr Platz geschaffen, um bequemer zu den Resten der Basilika zu gelangen, aber da das knöchelhohe Wasser ein weiteres Herumschlendern unmöglich machte, war man gezwungen, das Forum wieder zu verlassen und auf die höher gelegene Straße hinauszutreten. Sie führte einige hundert Meter südwärts zur Palaestra und zu den Hadrians-Thermen. In Richtung Nordwesten erreichte man, über verschüttetes Gelände hinweg, die breitere und bequemere Via Triumphalis mit dem Trajansbogen und dem Chalcidicum, und in umgekehrter Richtung, also weiter ostwärts, war kein Fortkommen mehr. Hier, unmittelbar hinter der Kolonnadenstraße, lag der Wadi Lebdah, ein dreißig Meter breiter Fluß, der in den Hafen mündete und der jetzt, nach dem heftigen Regen, bis über die Ufer angeschwollen war.

Die Kolonnadenstraße hatte man erst hinter dem Nymphaeum ausgegraben. Sie führte zum Leuchtturm der oberen Mole, und wenn man vorher, auf der Höhe des Flaviertempels, nach links abbog, sah man die Umrisse des alten Forums. Dahinter lag das Meer, das aufgewühlt war, und hier hätte man, wenn einem danach war, die Schuhe ausziehen und die Füsse in die heranspritzende Gischt halten und darüber nachsinnen können, warum die Säulenstümpfe, auf denen man saß und die zum Frigidarium der Hadrians-Thermen gehörten, warum man sie zum Strand geschleppt und wie sinnlos dem Salzwasser ausgesetzt hatte. Es war Jahrhunderte her, die Maserung war zerfressen, links und rechts wucherte Hexenkraut darüber hin.

Von hier aus, dem nördlichsten Punkt, hätte man die Stadt in einem Halbkreis umwandern können. Zuerst, immer auf dem schmalen Küstenstreifen entlang, weiter nach Westen, bis zu dem mit Feigensträuchern bewachsenen Wall. Dahinter lagen die Jagdthermen, deren Fresken langsam, aber sicher abbröckelten, und falls man auf die Besichtigung des Friedhofs jenseits des zweiten Flusses, des Wadi el-Rsaf, verzichtete, der Weg war gefährlich, man hätte über das Flußbett hinwegspringen müssen, ging man in Richtung Süden auf den Marc-Aurel-Bogen zu, und hier erreichte man eine gepflasterte Straße, die zum Oea-Tor und darüber hinaus zu den Resten der Schola führte. Es waren keine drei Kilometer. Ein paar Schritte noch, dann stand man vor dem Hadrians-Bogen und damit wieder vor dem Eingang zur Via Triumphalis.

Gab es Gelegenheiten, sich zu erfrischen? Konnte man, wenn einem die Sonne zu viel wurde, irgendwo ausruhen? Selbstverständlich. An der Via Triumphalis wuchsen riesige Palmen, die Mauern warfen Schatten, es gab Steinbänke, die immer noch, wenn man sich daraufsetzte, sicher hielten, und es gab kleine, kreisrunde Maueröffnungen, von denen man vermuten durfte, daß dort einmal, wer weiß, vielleicht sogar aus einem Bleirohr, frisches Wasser geflossen war.

So oder ähnlich war es auch in dem Garten des Ehepaars Bertram. Dort hatte man sich einen kleinen Springbrunnen anlegen lassen, der von einer Pumpe in Gang gehalten wurde. Jetzt allerdings, im Winter, hatte man das Wasser abgeschaltet. Der Brunnen war gegen den Frost mit einer Abdeckung geschützt, die Ende März wieder entfernt wurde. Um dies alles, wie auch um die Pflege des Gartens, kümmerte sich Herr Bertram, während seine Frau lieber im Büro am Schreibtisch saß und die Finanzen überprüfte.

Sie war zufrieden, hatte ein Konto für die Tochter eröffnet, das nach der Hochzeit zur Auszahlung kommen sollte. Wie hoch die Summe inzwischen war, wußte niemand zu sagen. Aber sie wuchs von Monat zu Monat. Überhaupt war unübersehbar: Die Firma steigerte nochmals ihren Umsatz. Sie eröffnete eine Filiale in Potsdam, die Aufträge häuften sich, überall wuchsen Rohbauten aus der Erde, die es nötig hatten, mit Elektroinstallationen versorgt zu werden. Man kaufte neues technisches Hilfsgerät, unter anderem Gabelstapler, nur der Chef selbst, Sibylles Vater, hatte immer noch die Angewohnheit, die schweren Kisten im Materiallager eigenhändig aus den Regalen zu heben, und irgendwann konnte er den gesunden Arm nur noch unter Schmerzen bewegen. Die Ärzte diagnostizierten einen Bänderschaden im Schultergelenk, rieten ihm, sich operieren zu lassen. Aber Bertram winkte ärgerlich ab, als seine Frau ihm klarzumachen versuchte, daß er ohne den gesunden Arm auf fremde Hilfe angewiesen sein würde.

»Mit dem Golfspielen wäre es vorbei. Und das Auto würdest du auch nicht mehr fahren können«, sagte sie, zeigte aber Verständnis dafür, daß er, der den schweren Unfall ohne Larmoyanz und ohne psychische Schwierigkeiten weggesteckt hatte, daß er jetzt, bei diesem, wie ihm die Ärzte versichert hatten, Routineeingriff das erste Mal Anzeichen von Verdrossenheit zeigte. Und natürlich zerrte es an den Nerven, daß die Übernahme der Firma immer noch nicht geregelt war.

»Die Zeit vergeht«, sagte der Vater und machte ein Gesicht, als wäre mit dieser Selbstverständlichkeit etwas gewonnen.

Am Tag nach dem ärztlichen Eingriff konnte man seine stattliche Erscheinung noch einmal bewundern, als er, nur mit einem Hemd bekleidet, eine Art Stütztrommel unterm Arm, die das operierte Schultergelenk in der vorgeschriebenen Position halten sollte, als er, von seiner Frau ständig dazu ermahnt, sich den Bademantel anzuziehen und vor allem darauf zu achten, daß die Thrombosestrümpfe nicht rutschten, als er hochaufgerichtet in seiner vollen Größe, wie ein Buddha oder besser noch wie ein wohlbeleibter Imperator, völlig stoisch und unbeirrt lächelnd vor dem Fenster stand, um die Gegend zu überblicken. Aber da gab es nichts Besonderes zu sehen, außer dem Teltowkanal und einigen Fabrikanlagen und zwischen dem Grün immer wieder Einfamilienhäuser, und der Kranke hätte in jedem Fall besser daran getan, dem Rat seiner Frau zu folgen und auf die schützenden Strümpfe zu achten, denn keine sechzehn Stunden später, es war mitten in der Nacht, er hatte sich zur Tür geschleppt, hatte es aber nicht mehr geschafft, die Schwester zu rufen, war er an einem Blutgerinnsel gestorben.

6

Eine Woche lang waren alle wie gelähmt. Dann, nachdem man den Vater beerdigt hatte, tauchte van der Velde in den Räumen der Firma auf. Er machte sich mit der Belegschaft bekannt, saß einige Stunden im Büro, um sich im Computer Auftragslisten und Abrechnungen anzusehen, und jeder rechnete damit, daß dies der zukünftige Chef sein würde. Man kannte die Verhältnisse in der Familie Bertram und wußte, daß die Tochter seit Jahren mit einem Computerfachmann zusammenlebte und so gut wie verheiratet war.

Über die Weihnachtsfeiertage ließ man die Mutter nicht allein. Sibylle hatte dafür gesorgt, daß es wie jedes Jahr einen geschmückten Tannenbaum gab. Selbstverständlich verzichtete man auf Geschenke, aber es wurde gemeinsam gegessen, und daß die Mutter so gefaßt wirkte, hatte nichts zu bedeuten. Jetzt war sie noch bereit, die beiden zu verabschieden und zuzulassen, daß sie in die Wohnung am Nikolsburger Platz zurückkehrten, aber in absehbarer Zeit würde sie darauf bestehen, und zu Recht, wie Sibylle meinte, daß man zu ihr in das geräumige Haus nach Johannisthal zog. Natürlich: Man durfte nichts überstürzen. Zunächst mußte van der Velde bei Schering die Kündigung aushandeln. Dies wollte er tun. Er nahm sich auch schon die Freiheit, diesen und jenen Termin abzusagen, damit er wenigstens ein-, zweimal in der Woche mit Sibylles Mutter zusammensitzen konnte, um sich in sein künftiges Arbeitsgebiet einweisen zu lassen.

Mitte Januar allerdings hatte Sibylle Grund, sich zu wundern. Sie entdeckte, daß van der Velde die alten Reiseprospekte über Neuseeland in den Papierkorb geworfen hatte. Beinahe demonstrativ, auf jeden Fall so, daß es nicht unbemerkt bleiben konnte, leerte Sibylle den Korb. Das heißt, sie schüttete den Inhalt in eine Plastiktüte, legte die Reiseprospekte, da sie sperrig waren, dazu, und van der Velde brachte, nachdem sie ihn darum gebeten hatte, alles, und ohne zu zögern, zu den Müllkästen im Hof. Sibylle hoffte darauf, daß er die Prospekte, wie um ein Versehen zu korrigieren, wieder mit nach oben bringen würde. Aber nichts dergleichen geschah. Er ging ins Bad, wusch sich die Hände, pfiff vor sich hin, bevor er in seinem Zimmer verschwand.

Nach dem Mittagessen packte van der Velde seinen kleinen Koffer und erklärte: Er müsse für einige Tage verreisen, vielleicht bis zum Wochenende. Es könnte aber sein, daß er noch andere Termine zu erledigen hätte. Er ging zur Garderobe, zog seinen Mantel an, konnte ein verlegenes Lächeln nicht unterdrücken, und Sibylle, die unfähig war, ihn zur Rede zu stellen und zu fragen, wie er dazu käme, für eine Firma, bei der er gekündigt hatte, immer noch Geschäftsreisen, als wäre nichts geschehen, wahrzunehmen, Sibylle begleitete ihn zur Tür, und irgendwie rechnete sie damit, daß er, ehe er die wenigen Stufen zum Fahrstuhl hinaufging, das Licht im Treppenhaus anmachen würde, um ihr, sie stand neben dem Schalter, nochmals besonders nahe zu sein. Nichts dergleichen geschah. Sibylle ging, nachdem van der Velde im Fahrstuhl verschwunden war, ins Badezimmer, um nachzusehen, ob er die Tasche mit den Waschutensilien vergessen hatte. Sie konnte sie nirgends finden, und wieder, wie bei der letzten Verabschiedung van der Veldes, spürte sie das unwiderstehliche Bedürfnis, die Ärmel hochzukrempeln, um die Wohnung sauberzumachen.

Diesmal blieb van der Velde länger fort als gewöhnlich, und als er wieder zurück war, kam ihm Sibylle an der Wohnungstür nicht entgegen. Er mußte, obwohl er geklingelt hatte, den Schlüssel benutzen, auch sein Zuruf wurde nicht erwidert, und als er in die Bibliothek trat, sah er, daß Sibylle nicht allein war. Martin war anwesend, sie tranken zusammen Tee. Van der Velde zog, nachdem er den Koffer abgestellt hatte, einen Stuhl heran, setzte sich mit dazu, und er sah, daß Sibylle den Großen Weltatlas auf den Knien hatte. Offenbar hatten sich die beiden über Neuseeland unterhalten, setzten das Gespräch fort, und van der Velde schwieg, saß auf der äußersten Kante seines Stuhls und wirkte, als müsse er die Befangenheit desjenigen, der frisch von der Reise zurückgekehrt war, loswerden.

»Nicht wahr«, sagte Sibylle und fuhr mit dem Finger über die Seite, auf der die Südhälfte des Pazifiks dargestellt war, »dort sollte man unbedingt einmal hinfahren.«

Martin lächelte vielsagend, van der Velde fühlte sich nicht angesprochen, und so sahen die beiden zu, wie Sibylle in dem Atlas zu blättern begann, und ihr Interesse, sie las hier und dort die beigefügten Kommentare, war keinesfalls vorgetäuscht. Im Gegenteil: Sie schien sich zu vertiefen, schien für Augenblicke zu vergessen, daß sie nicht allein war. Dann hob sie plötzlich den Kopf, stellte den Atlas ins Regal zurück, holte für van der Velde eine Tasse, goß ihm Tee ein, und sie wartete darauf, daß er, sein Koffer stand immer noch mitten im Raum, über Einzelheiten seiner Reise reden würde. Wohin war er geflogen! Wieder nach Köln? Oder war er diesmal im Ausland gewesen? Darüber schwieg er sich aus.

Für eine halbe Stunde saßen sie noch beisammen, und nachdem Martin gegangen war, verlief alles wie nach jeder Reise. Das heißt, van der Velde packte den Koffer aus. Die Mappe mit den Papieren legte er auf seinen Schreibtisch, die Tasche mit dem Rasierapparat brachte er ins Bad, die schmutzige Wäsche warf er in die Waschmaschine, und zuletzt ließ er den leeren Koffer auf dem Garderobentisch stehen. Für Minuten war Sibylle damit beschäftigt, ihn auf dem Hängeboden zu verstauen, wozu sie eine kleine Leiter anlegen mußte. Es war umständlich, aber sie wollte van der Velde nicht um Hilfe bitten, und als sie den Koffer über den Kopf hinweg anhob, rieselte ihr Sand ins Gesicht.

Sand? Ja, überaus feinkörniger, roter Sand, wie er an keinem Badestrand zu finden war, und es war nicht das erste Mal, daß Sibylle den Koffer nochmals öffnen und ausbürsten mußte.

»Du hast wieder Sand in deinem Koffer«, sagte sie, als sie ins Arbeitszimmer trat.

Van der Velde zog die Augenbrauen hoch, und als das Telefon klingelte, nahm er den Hörer ab. Es war Frau Bertram, und kaum hatte diese ihre Bitte, er solle zu ihr ins Büro kommen, geäußert, stimmte van der Velde zu. Und wieder ein überstürzter, völlig unerwarteter Aufbruch.

»Aber selbstverständlich«, hörte Sibylle noch, dann war er schon in der Garderobe, zog hastig seinen Mantel an und verschwand.

›Zeit ist die nicht umkehrbare, unwiederholbare Aufeinanderfolge von Veränderungen und Ereignissen‹, dachte Sibylle, und sie versuchte sich klarzumachen, daß sie keinerlei Veranlassung hatte, jetzt, nachdem sie wußte, daß van der Velde zur Mutter gefahren war, weiterhin an ihrer Verärgerung festzuhalten.

Sicher, van der Velde hatte diese und, wie sie hoffte, letzte Geschäftsreise ohne ein Wort der Erklärung hinter sich gebracht, hatte es auch, statt mit ihr zu bereden, wie es nach dem Tod des Vaters weitergehen solle, bei ein paar Absichtserklärungen bewenden lassen. Sollten sie die eigene Wohnung nun verkaufen oder vermieten, um nach Johannisthal zu ziehen? Und warum waren die Prospekte über Neuseeland, obwohl es keinen Grund mehr gab, die Hochzeitsreise zu verschieben, in einem Müllcontainer auf dem Hof gelandet? Derlei Fragen hätte Sibylle stellen können, wehrte sich aber dagegen. Nie hatte sie von van der Velde absolute Klarheit verlangt.

7

Sibylles Vater, der auf den ersten Blick wie ein Lebemann gewirkt hatte – und seine Leidenschaft für schnelle Autos verführte ihn zum Leichtsinn –, Sibylles Vater konnte durchaus nachdenklich sein, obwohl er immer so tat, als wären es Albernheiten, die er zum besten gab. So erinnerte sich Sibylle daran, daß er einmal davon gesprochen hatte, wie irritierend es für ihn sei, daß nicht nur er, sondern auch sie, Sibylle, die er vor Jahren noch als Kind zur Schule gebracht hatte, anfangen würde zu altern. Zugegeben, solche Bemerkungen waren wenig schmeichelhaft, aber der Vater hatte es, dies begriff Sibylle sofort, nicht anzüglich gemeint. Er wollte damit offenbar auf etwas anderes hinaus, auf etwas, das Sibylle, da er sich nicht genauer äußerte, unklar geblieben war.

Das Haus in Johannisthal hatte Bertrams Vater gebaut. Es war nie enteignet, war in den neunziger Jahren gründlich renoviert worden, und man mußte, um vom Nikolsburger Platz zum Agavensteig zu gelangen, die Autobahn in Richtung Tempelhof benutzen. Sie endete in der Gradestraße, und von hier aus waren es keine fünf Kilometer bis zur Blaschkoallee und darüber hinaus zur Späthstraße, und nachdem man den Königsheideweg erreicht hatte, lag links ein ausgedehnter Stadtforst, rechts eine Siedlung mit Einfamilienhäusern aus den zwanziger Jahren. Das Haus im Agavensteig Nr. 4 war einstöckig, der Vorgarten, keine fünfzig Schritt breit, war eingezäunt. Überall Koniferengewächse, dazwischen ein Tulpenbaum, die übermannshohen Forsythiensträucher begannen gelbe Knospen auszutreiben.

Es war Anfang April, als Sibylle mit dem Auto vorfuhr. Sie hatte sich entschlossen, eine halbe Stunde nachdem van der Velde aufgebrochen war, ebenfalls zur Mutter nach Johannisthal zu fahren. Sie klingelte an der Eingangstür, und da niemand öffnete, ging sie zur Straße zurück. Und nun erst fiel ihr auf, daß van der Veldes Wagen nirgendwo zu sehen war. Im Garten eine frische Reifenspur, das Garagentor war offen. Nochmals ging sie zum Eingang zurück und drückte auf den Klingelknopf.

›Zwecklos, sie sind im Büro‹, dachte Sibylle, hatte aber keine Lust, in die Innenstadt zurückzufahren.

Und war es nun, weil sie enttäuscht war oder

weil sie sich über ihre Gedankenlosigkeit ärgerte, selbstverständlich würde sie die beiden, da die Mutter von der Firma aus angerufen hatte, hier nicht antreffen, Sibylle blieb unschlüssig, ging eine Weile vor dem Gartentor hin und her, und irgendwann balancierte sie vor einem Fenster im Parterre. Das heißt, sie stand auf Zehenspitzen, reckte den Hals, um ins Innere zu sehen. Aber da war niemand. Sie sah nur die Standuhr aus der Belle Époque oder den verblichenen Wandteppich mit dem chinesischen Drachen, der ihr als Kind unheimlich gewesen war, der aber später zu den Dingen gehörte, an denen sie besonders hing. Die Mutter hatte ihr angeboten, ihn mit in die Wohnung am Nikolsburger Platz zu nehmen, und Sibylle bedauerte, daß sie darauf nicht eingegangen war. Sie beschloß, ins Haus zu gehen.

›Ich habe immer noch den Schlüssel‹, dachte Sibylle.

Und nun kramte sie in ihrer Handtasche nach dem Schlüsselbund mit dem Plastikanhänger, den ihr die Eltern überlassen hatten. Umsonst. Ihr fiel ein, daß sie die Schlüssel irgendwann aus der Tasche genommen und in eine Küchenschublade gelegt hatte. Sie beschloß, nach Rudow in die Firma zu fahren, und nachdem sie den Teltowkanal überquert hatte, überlegte sie, ob sie umkehren und statt dessen nach Baumschulenweg fahren sollte, wo der

Vater beerdigt war. Sie hatte keine Lust, mit der Mutter zu reden. Der Friedhof, in unmittelbarer Nähe zur S-Bahn-Strecke, war vor kurzem erst erweitert worden, und Sibylle hatte Mühe, sich in dem unübersichtlichen Areal nicht zu verlaufen. Sie orientierte sich an einer Gruppe junger Birken, die sie im Gedächtnis hatte, und nachdem sie den mit frischen Eisrosen bepflanzten Hügel endlich gefunden und ihren Topf mit Alpenveilchen abgestellt hatte, wurde sie den Eindruck nicht los, sie befände sich am falschen Ort. Auf der Gedenktafel stand zwar der Name, das Geburts- und Sterbejahr, aber Sibylle konnte mit alledem kein Gefühl von vertrauter Nähe herstellen. Ihr war, als müßte der Vater, obwohl sie wußte, daß er hier begraben lag, woanders zu finden sein. Unter diesem Eindruck fuhr sie wieder, indem sie einen Umweg über die Südostallee nahm, zum Königsheideweg, und eine Viertelstunde später, es begann zu dämmern, stand sie das zweite Mal vor dem Haus im Agavensteig Nr. 4, und diesmal machte sie keine Umstände. Mit sicherem, beinahe geübtem Griff zog sie einen Gartenstuhl heran, mußte sich auch nicht, obwohl er kippelte, am Fensterbrett festhalten, und nun sah sie, absurd genug, da sie immer noch keinen Schlüssel hatte, über diesen Umweg in eben jenes Zimmer, in dem sie jahrelang gewohnt hatte. Alles war unverändert. Das Poster, das ihr wichtig gewesen war, hing noch an der Wand. Aber ansonsten: Was für eine Enge zwischen Bett und Schrank! Und sie erinnerte sich, daß sie immer, wenn sie an den Lichtschalter gelangen wollte, mit dem Knie gegen die Tischkante gestoßen war. Trotzdem war da noch ein Gefühl von vertrauter Nähe, und sie konnte nicht sagen, daß ihr das, was sie, und auf so umständliche Weise, vor Augen hatte, gleichgültig geworden war. Und vielleicht lag es gerade an der Enge des Zimmers ... Hier, ja gerade hier hatte sie jene Zuversicht entwickelt, daß es nur darauf ankäme, erwachsen zu werden.

›Es war wie ein Versprechen, das sich mit Sicherheit einlösen würde‹, dachte Sibylle und ließ das Fensterbrett los.

8

Zunächst blieb das Schlüsselbund verschwunden. Sooft und so gründlich Sibylle auch danach suchte, sie fand es weder in der Küche noch sonst irgendwo, aber eines Tages, sie wollte van der Veldes graue Hose zur Reinigung bringen, faßte, um sich zu vergewissern, daß sie leer waren, in die Taschen, eines Tages hielt Sibylle plötzlich, außer den üblichen Zigaretten und dem Feuerzeug, einen Plastikanhänger in der Hand.

»Wie kommst du dazu!« Sie riß die Tür zur Bibliothek auf. »Wie kommst du dazu, dieses Schlüsselbund einzustecken. Es gehört meinen Eltern.«

»Und ich bin der Schwiegersohn.«

»Das bist du nicht!« rief Sibylle und erschrak über den schneidenden Ton, zu dem sie sich hatte hinreißen lassen.

Van der Velde antwortete mit einem Lächeln, und er berührte sie, als hätte er Verständnis für ihre Unbeherrschtheit, sanft an der linken Schulter. Dann trat er auf den Korridor hinaus, und wieder hörte Sibylle die Wohnungstür klappen. Eine Weile stand sie da, spürte, wie erregt sie war. Sie ging ins Schlafzimmer, schaltete den Fernseher ein. Der Bildschirm flimmerte, sie ließ ihn unbeachtet, und während sie nun auf und ab ging, bemerkte sie ein Knirschen unter ihren Füßen. Da lag immer noch Sand auf den Dielen des Korridors, obwohl sie gestern erst gründlich gesaugt hatte.

›Er kommt aus den Ritzen‹, dachte sie, hatte aber keine Lust, sich darum zu kümmern. Während sie die Zimmerflucht musterte, fiel ihr auf, wie ungünstig geschnitten die Wohnung war: Es gab keinen direkten Durchgang zum hinteren Trakt, man mußte, um zur Küche zu gelangen, durch das Berliner Zimmer gehen, und sie hatte, obwohl einige Fenster nach Südosten ausgerichtet waren, wenig Sonne.

›Es war ein Fehler, in den ersten Stock zu ziehen‹, dachte Sibylle. ›Der Hof ist eng und das Geäst der Bäume derart dicht, daß man versucht sein könnte, auf die Vorhänge zu verzichten.‹

Minuten später führte sie mit der Mutter ein Telefongespräch. Diese fand es nur selbstverständlich, daß Sibylle van der Velde die Johannisthaler Schlüssel überließ.

»Du brauchst sie doch nicht«, sagte sie, während sie für ihn, van der Velde, da er ihr in der Firma zur

Hand ging, auch das Haus am Königsheideweg zugänglich halten wollte. »Es wird für ihn immer nötig sein«, fügte sie hinzu, »rasch dorthin zu gelangen, um etwas zu holen.« Und als Sibylle geltend machen wollte, daß van der Velde nicht auf zwei Hochzeiten tanzen könne, er würde immer noch für Schering arbeiten, sagte die Mutter: »Kein Problem, solange ich hier mit ihm rechnen kann.«

Dies sagte sie, und Sibylle fiel auf, daß sie alles andere, worüber zu reden sie sonst nicht müde geworden war, nicht mehr erwähnte.

›Auch Enkelkinder scheinen sie nicht mehr zu interessieren‹, dachte Sibylle, ging in die Küche, um Handfeger und Müllschippe zu holen.

Und nun war sie damit beschäftigt, den Sand im Korridor zu überprüfen. Das heißt, sie rieb ihn, nachdem sie alles gründlich zusammengefegt hatte, zwischen Daumen und Zeigefinger, und so viel wußte sie noch: Der Sand, den es in Berlin gab, war gelb und grobkörnig. Dieser hier war außerordentlich fein und beinahe rötlich. Auch an den Stränden der Nord- oder Ostsee, so glaubte sie sich zu erinnern, hatte der Sand eine andere Farbe. Und als könnte sie sich mit einem Griff zum Konversationslexikon Klarheit verschaffen, ging sie in die Bibliothek.

»Sand«, las sie, nachdem sie die einschlägigen

Seiten gefunden hatte, »ist ein klastisches Lockergestein, das aus Mineralkörnern (häufig Quarz) von 0,063 bis 2 mm Durchmesser besteht. Man unterscheidet zwischen Fluß-, Schwemm- und Seesand (Wassertransport) und Flug-, Dünen- und Wüstensand (Windtransport).«

›Windtransport‹, dachte Sibylle, suchte nach dem Bildband über das antike Libyen und begann darin zu blättern.

Sie betrachtete die frischaufgeworfenen Dünen, sah, wie halbzugeweht die antiken Trümmer, die sich kilometerweit hinzogen, waren, und wie vor Monaten schon, als van der Velde ihr das erste Mal diese Ansichten auf doppelseitigem Glanzpapier gezeigt hatte, fand sie alles eindrucksvoll. Und die Kommentare, die den Bildern beigefügt waren, hatten etwas Verführerisches.

»Tagsüber«, hieß es da, »besonders gegen Mittag, wird es in dieser Gegend schwül, und gegen Abend, wenn die Schatten länger werden, die Sonne die Farbe wechselt, wenn das aggressive Gelb allmählich in ein schwächliches Orange übergeht, gegen Abend beginnt man zu frösteln, und es ist unverkennbar, daß der Wind von der Wüste her feinkörnigen Sand mit sich führt, der sich in den Straßenecken verfängt. Es knirscht, wenn man darüber hintritt. Bevor es Nacht wird, ist es ratsam, eine der engen und irgendwie geschützten Gassen aufzusuchen, oder man kauert sich in einen Winkel der severischen Basilika. Zwischen die Ansammlung von Säulen, Portalen und notdürftig gesicherten Mauern kann der Wind nicht gelangen, und auch der Frost, der mit der Dunkelheit einsetzt, ist hier besser zu ertragen, und man kann, da nach oben hin alles frei ist, in den sternlosen Himmel sehen.«

9

»Du betrachtest das Leben wie ein Versprechen?« Van der Velde zog die Augenbrauen hoch. »Was sollte dabei herauskommen«, fügte er hinzu, »außer daß man seinen Geburtstag feiert, ab und zu gut essen geht und ansonsten eine Reise hierhin und dorthin plant. Oder willst du das Leben deiner Eltern wiederholen?«

Er hatte ihr ein Geschenk mitgebracht. Es war ein Strohhut von Hermès.

»Gegen die Sonne«, sagte van der Velde. »Falls wir es doch noch einmal schaffen sollten, an der Havel spazierenzugehen.«

Sibylle unterließ es diesmal, seinen Koffer auszupacken. Sie hatte auch keine Lust, ihn zu fragen, ob er sie, was seine Arbeit bei Schering betraf, belogen hatte. ›Es wird schon so sein‹, dachte sie, ›daß er mir den Strohhut aus reiner Zuneigung ausgesucht hat‹, und sie wunderte sich, daß besonders dieser Gedanke sie beunruhigte.

Sie grübelte darüber nach, was van der Velde

veranlaßt haben könnte, die Ehe ihrer Eltern immer nur kritisch zu sehen. Sicher, daß der Vater auf finanziellen Erfolg aus war, daß er, wie die Mutter, alles Erdenkliche getan hatte, um der Familie ein sorgenfreies Leben zu ermöglichen, dies war etwas, worüber van der Velde lächelte, und immer hatte er den Hinweis parat, daß Werner Bertram, den er hin und wieder seinen künftigen Schwiegervater genannt hatte, bei aller Umsicht, aller Fähigkeit, dieses und jenes, eigentlich alles vorauszuplanen, die Stunde seines Todes übersehen hatte.

Die Mutter hatte damit gerechnet, daß van der Velde nicht nur stundenweise in ihrem Büro auftauchen würde, um die Arbeit des Vaters fortzusetzen, sie wollte ihn zum Miteigentümer der Firma machen. Also drängte sie ihren künftigen Schwiegersohn dazu, den Vertrag, den der Vater bei einem Notar hinterlegt hatte, endlich zu unterschreiben. Aber van der Velde weigerte sich. Es sei ihm unmöglich, erklärte er, sich über den Augenblick hinaus in irgendeiner Weise zu binden.

›Über den Augenblick hinaus‹, dachte Sibylle. Und was hatte er der Mutter gesagt, als er es unterlassen hatte, auf die Wünsche einiger Kunden einzugehen?

»Kein Grund zur Sorge. Auch diese Firma wird nicht ewig bestehen bleiben.«

Neuerdings war da, und ohne daß man Gründe dafür geltend machen konnte, eine gewisse Unberechenbarkeit in van der Veldes Verhalten, und es waren die immer gleichen Irritationen, die Sibylle veranlaßten, mit der Mutter, die sich ebenfalls beschwert hatte, das Gespräch zu suchen. In Johannisthal blieben die Gardinen an den Fenstern zugezogen, und wenn es dunkel wurde, ging selten das Licht an. Wohnte die Mutter hier überhaupt noch? Oder hielt sie sich die Woche über in der winzigen Wohnung, die sie sich in den Räumen der Firma eingerichtet hatte, auf? Sie selbst, Sibylle, hatte sich in der Firma, sowohl auf dem alten Gelände in Rudow als auch in der neuen Filiale in Potsdam, wo die Mutter ihr Büro hatte, nur zwei- oder dreimal blicken lassen. Sie haßte es, über den Hof zu gehen, der mit leeren Kisten und ausrangiertem Material vollgestellt war. Überall lagen Elektroschnüre herum, so daß man damit rechnen mußte, darüberzustolpern. In der Halle roch es penetrant nach Plastik oder Gummi. Das abgetrennte Büro, keine fünfzehn Quadratmeter groß, war überheizt, und die Kübelpflanze ließ die Blätter hängen, weil die Mutter sie nicht regelmäßig goß. Hier, in dieser Enge, das Fenster ging auf den Hof hinaus, unter dem ständigen Lärm der Gabelstapler, die die Kisten hierhin und dorthin transportierten, an einem mit Papieren und Aktenordnern überladenen Tisch sollte auch die Tochter als ausgebildete Juristin Platz nehmen.

Die Mutter hatte sich verändert. Wo sie früher, sozusagen hinter dem Rücken des Vaters, fähig gewesen war, sich bis zur Aufdringlichkeit um das Wohlergehen der Tochter zu kümmern, wo sie keine Gelegenheit ausgelassen hatte, darauf zu drängen, daß van der Velde und Sibylle endlich heirateten, da wirkte sie jetzt kurz angebunden.

»Schön, daß du einmal da bist«, sagte Frau Bertram, nachdem Sibylle in ihrem Büro aufgetaucht war. »Setz dich«, sagte sie und machte für die Tochter einen Stuhl frei.

Sie wirkte überarbeitet, fuhr mit dem Mittelfinger ständig auf der Tischplatte hin und her, aber als Sibylle vorschlug, die Firma zu verkleinern und Rudow aufzugeben, winkte sie ab.

»Wie geht es dir?« fragte sie. »Wann heiratet ihr endlich. Und habt ihr die Reise nach Neusseeland gebucht?« fügte sie hinzu.

Sibylle blieb die Antwort schuldig. Sicher, über die fällige Hochzeit und daß van der Velde die Reise nach Neuseeland nie wieder erwähnt hatte, darüber hätte man immer und immer wieder reden können. Und natürlich hatte Sibylle Grund, sich über die häufige Abwesenheit van der Veldes zu beschweren. Wie aber sollte sie der Mutter erklären, daß ganz andere Dinge sie beunruhigten, Dinge, die schwer verständlich zu machen waren, wie etwa der Sand in van der Veldes Koffer oder daß er, statt für Schering Geschäftsreisen zu unternehmen, womöglich in einer Gegend unterwegs war, in der man die Hotel- oder Restaurantrechnungen in arabischer Schrift ausstellte. Darüber sprach sie in Andeutungen, so daß die Mutter irgendwann die Stirn runzelte und sagte:

»Kind, was hast du für abwegige Gedanken.«

Sibylle zog einen abgerissenen Zettel aus ihrer Handtasche, den sie, wie sie erklärte, beim Aufräumen gefunden habe. Offenbar ein Spesenbeleg, den van der Velde mit der Firma Schering hatte abrechnen wollen.

»Aber dann hat er ihn doch zwischen den Büchern versteckt. Was hältst du davon«, sagte sie und hielt der Mutter den Zettel hin.

Die Mutter drehte das Stück Papier in den Händen hin und her, konnte aber lediglich bestätigen, was Sibylle schon wußte, nämlich daß die Schriftzeichen arabisch waren und daß man das Datum nicht entziffern konnte, und als Sibylle wissen wollte, aus welcher Gegend die Rechnung sein könnte, antwortete sie:

»Da es ein schmieriger Fetzen ist, war es bestimmt kein Fünfsternehotel. Aber so habt ihr es immer gewollt«, fügte sie hinzu. »Jeder macht ohne den anderen, was er für richtig hält. Probleme, die anstehen, schiebt ihr auf die lange Bank, bis sie nicht mehr zu lösen sind.« Und Sibylle, obwohl ihre Abneigung wuchs, konnte nicht sagen, daß die Mutter unrecht hatte. Sie bereute plötzlich, daß sie ihr irgendwelche, wie sie jetzt meinte, Albernheiten zugemutet hatte.

›Mein Gott, was ist schon dabei‹, dachte sie, ›wenn jemand aus Zerstreutheit und weil er selbst nicht mehr weiß, was er da in der Hosentasche hat, wenn er etwas, das er loswerden will, statt in den Papierkorb zu werfen, zwischen zwei Bücherrükken klemmt. Längst vergessen, und wenn man es nüchtern betrachtet, kaum noch der Rede wert.‹

Sie schüttelte den Kopf über sich, nahm sich vor, in Zukunft weniger empfindlich zu sein. Am Ende war sie ratlos und versuchte, sich einen Rest von Selbstachtung zu bewahren. Nachdem Frau Bertram, als wäre das Gespräch beendet, aufgestanden war, zum Telefonhörer griff, um irgendwelche Anweisungen zu geben, stellte Sibylle, bevor sie zur Tür ging, doch noch jene Frage, die ihr besonders wichtig war, nämlich:

»Und hat sich die Ehe mit Vater gelohnt?«

Die Mutter zuckte zusammen, wollte Sibylle

wegen dieser, wie sie meinte, Anzüglichkeit zurechtweisen. »Was bildest du dir ein. Gut, daß uns niemand gehört hat«, wollte sie sagen, aber da hatte die Tochter den Raum schon verlassen, und man sah vom Fenster aus, wie eilig sie über den Hof hinweg zur Straße ging.

Dort stand Sibylles Auto, und es war vollkommen klar, daß es ihr schwerfiel, nach solchen Augenblicken in die Wohnung am Nikolsburger Platz zurückzukehren. Sie blieb länger als nötig auf der Stadtautobahn, fuhr einen Umweg in Richtung Norden, und als sie an dem Gebäude der Firma Schering in der Müllerstraße vorbeikam, war sie versucht, auf den großen Parkplatz einzubiegen und bei dem Pförtner nach van der Velde zu fragen. Unwiderstehlich ihr Wunsch, für die sechs oder sieben Stockwerke den Fahrstuhl zu benutzen, um ihn, vielleicht lag sein Arbeitszimmer am Ende eines langen Korridors, mit ihrem Auftauchen zu überraschen. Aber sowie sie das hohe Gebäude in ihrem Rücken hatte, war sie ernüchtert, weil ihr einfiel, daß van der Velde zwei Stunden später ohnehin in der Bibliothek vor dem Computer sitzen würde und daß auch hier ihre plötzliche Anwesenheit, etwa wenn sie die Tür öffnete, um ein Buch zu holen oder zurückzustellen, längst keine Überraschung mehr war.

10

Der Sommer verging, und es hatte sich nichts geändert. Weder Sibylle noch van der Velde machten Anstalten, die Wohnung am Nikolsburger Platz zu vermieten oder zu verkaufen. Das Haus in Johannisthal blieb im Obergeschoß unbewohnt. Van der Velde hielt sich, wenn Frau Bertram es wünschte, in den Büroräumen der Installationsfirma auf, hielt aber auch an seiner Arbeit bei Schering fest, und er verreiste nach wie vor, während Sibylle ihre Refendarzeit absolvierte. Selbst Martin ließ sich, wie gewohnt, ein- oder zweimal in der Woche blicken, und dann saßen sie in der Bibliothek, tranken Tee und redeten über diese und jene Belanglosigkeit. Nur einmal, als van der Velde fast zehn Tage abwesend war, war Sibylle versucht, an der Wohnung etwas zu verändern. Sie wollte einen jungen Mann engagieren, der ihr beim Streichen der Wände hätte behilflich sein können. Sie wollte es heller haben, und wo die Zimmer kräftige, aber dunkle Farben hatten, Bibliothek und Korridor waren grün, das Schlafzimmer blau, entschied sie sich unterschiedslos für ein gebrochenes Weiß. Dadurch wäre der Eindruck von Weite entstanden, auch die Bilder an den Wänden, es waren hinter Glas gehaltene Jugendstilplakate und kolorierte Stiche, wären besser zur Geltung gekommen. Sie wollte Blumen besorgen, die, über die Zimmer verteilt, der Wohnung etwas Jungmädchenhaftes gegeben hätten.

Aber die Blumen wurden nicht besorgt, die Wohnung nicht neu gestrichen, und so konnte Sibylle, was sie doch vorgehabt hatte, van der Velde mit ihrer Absicht auch nicht überraschen. Was blieb, war die gewohnte Tranigkeit, mit der sie nach einer durcharbeiteten Nacht ihre Kaffeetassen festhielten. Schweigend und absichtslos, das Frühstücksgeschirr war nicht weggeräumt, saßen sie nebeneinander. Sibylle sah, wie abgespannt van der Velde war, und sie wollte ihn fragen, warum er, obwohl er gekündigt hatte, immer noch für Schering unterwegs sei und warum er nicht den Mut habe, ihr endlich die Wahrheit, auch über jene Hotelrechnung in arabischer Sprache, zu sagen. Aber sie wollte ihn nicht in Verlegenheit bringen, ging stattdessen in die Küche, holte die Müllschippe.

»Ich will nicht wissen, wo du gewesen bist«, sagte sie. »Aber eines ist sicher: Jedesmal, wenn ich das hier aus den Ritzen des Korridors zusammengefegt habe, taucht ein anderer Rest in der Küche oder im Schlafzimmer auf. Und wenn ich nicht wüßte«, fügte sie hinzu, »daß du ihn immer wieder einschleppst, würde ich denken, es hat etwas zu bedeuten, daß ich es nicht schaffe, mit einem Häufchen Sand fertig zu werden.«

Van der Velde zog die Augenbrauen hoch. Sibylle versuchte sich näher zu erklären, sah aber ein, daß sie sich, wie vor kurzem bei der Mutter, wieder nur in Andeutungen erging, und so lenkte sie schließlich ein, indem sie sagte:

»Vielleicht solltest du dich um deinen Koffer nächstens selber kümmern. Überhaupt sollten wir die Dinge nicht mehr, wie gewohnt, einfach nur schleifen lassen.« Und sie meinte damit, daß sie nicht mehr jung genug seien, um so zu tun, als hätten sie beliebig viel Zeit.

Van der Velde stimmte ihr zu, versicherte, daß es mit der ewigen Reiserei ein Ende haben müsse.

»Es ist ja auch so«, sagte er, »daß ich es auf die Dauer nicht durchhalten kann.« Und als Sibylle vorschlug, endlich einen Termin für die Hochzeit festzulegen, nannte er die zweite Dezemberwoche. »Dann bleiben uns drei Monate Zeit für die Vorbereitungen. Und wenn du willst, könnten wir über den Jahreswechsel hinaus irgendwo unterwegs sein.«

Dies sagte er, und Sibylle staunte über van der Veldes Bereitwilligkeit und daß er sogar vorschlug, mit der Mutter darüber zu reden, ob sie mit dem Haus am Agavensteig rechnen könnten. Das müßte geklärt werden, meinte er, damit man rechtzeitig mit der Renovierung beginnen könne. Er fuhr jetzt öfter nach Potsdam. Auch wurden sie sich, was die Wohnung am Nikolsburger Platz betraf, einig darüber, sie so rasch wie möglich zu verkaufen. Sie ließen den Verkehrswert schätzen, gaben eine Annonce auf, und van der Velde bestand darauf, nicht alle überflüssigen Möbel mit nach Johannisthal zu nehmen.

»Ich werde die Bibliothek ausmisten«, sagte er und begann verschiedene Sachen, darunter die Computeranlage, wegzuschaffen. Wohin? Das war Sibylle vollkommen gleichgültig. Sie kümmerte sich inzwischen um die Formalitäten, die nötig waren, um den Hochzeitstermin zu sichern.

Als sich auf die Annonce hin einige Interessenten meldeten, bemerkte Sibylle, wie ungeschickt van der Velde verhandelte und daß er ein Ehepaar, das die Wohnung unbedingt kaufen wollte und also bereit war, ein Zehntel mehr zu zahlen, durch Spitzfindigkeiten verärgerte. Dabei wirkte er fahrig, zwinkerte Sibylle, während er redete, zu, als wollte er sagen: »Geduld, hier haben wir jemanden,

den wir eine Weile zappeln lassen können.« Und als sich das Ehepaar nicht mehr meldete, schien er erleichtert.

Aber den Umzug nach Johannisthal forcierte er. Hatte er mit der Mutter gesprochen, und war sie bereit, ihnen das Haus zu überlassen? Daran konnte kein Zweifel bestehen, denn Sibylle sah ja, daß die Bibliothek immer leerer wurde, und auch im Schlafzimmer fehlten der Videorecorder und ein großer Teil der Musikkassetten. Nur der Fernseher stand unberührt an seinem Platz. Als Sibylle van der Veldes Kleiderschrank öffnete, bemerkte sie, daß auch einige seiner Anzüge fehlten.

›Er wird sie, wie alles andere, nach Johannisthal gebracht haben‹, dachte sie, wunderte sich, daß er nie um den Schlüssel gebeten hatte, und jetzt erst fiel ihr auf, daß sie selbst, und das schon seit Wochen, seit die Dinge sich auf so wunderbare Weise gefügt hatten, nicht mehr in dem Haus ihrer Eltern gewesen war. Aber sie nahm sich vor, mit van der Velde darüber zu reden, daß er die Bücher im Zimmer des Vaters abstellen sollte, und den Kleiderschrank für die Anzüge wollte sie im Flur vor dem Schlafzimmer unterbringen. Überhaupt bereute sie, daß sie so wenig Zeit hatte, sich intensiver mit der Umgestaltung der Räume und der Anordnung der Möbel zu beschäftigen. Schließlich durfte sie ihre

Arbeit in der Kanzlei nicht vernachlässigen. Sie machte sich eine kleine Skizze, die sie immer wieder korrigierte. Gewisse Meinungsverschiedenheiten gab es über das Aufgebot, genauer über die Zeugen, die den Trauschein unterschreiben mußten. Sibylle bevorzugte eine Freundin, die van der Velde nicht leiden konnte. Er selbst schlug als zweiten Trauzeugen Martin vor, was Sibylle kategorisch ablehnte, und zuletzt einigte man sich darauf, zwei Studentinnen zu akzeptieren, die man nicht kannte und denen man lediglich einen Geldschein in die Hand drücken mußte.

Nachdem der Termin im Rathaus Wilmersdorf feststand, versuchte Sibylle, mit der Mutter zu telefonieren, obwohl sie sicher war, daß van der Velde sie längst informiert hatte. Aber es meldete sich niemand, und bevor sie es nochmals versuchte, hörte sie ein Geräusch, das ihr bekannt vorkam. Es war, als würde jemand die Stehleiter aufstellen, und tatsächlich: Als Sibylle in den Korridor trat, sah sie, daß van der Velde dabei war, den Koffer vom Hängeboden zu holen.

»Entschuldige«, sagte er und lächelte. »Entschuldige«, wiederholte er. »Ich habe versucht abzusagen, muß aber doch noch ein letztes Mal verreisen.«

Dann begann er zu packen, überprüfte die Papiere in seiner Brieftasche, und er ging, wie er es immer getan hatte, ohne ein Wort der Erklärung und indem er Mantel und Schal vom Haken nahm, zur Wohnungstür, drehte sich, den Koffer in der Hand und nachdem er das Licht im Treppenhaus angemacht hatte, nochmals um, und plötzlich, und ohne daß er über die Schwelle in die Wohnung zurücktrat, stand er ganz nahe vor Sybille und sagte:

»Ich melde mich rechtzeitig. Und falls du die Reise nach Neuseeland buchst, vielleicht fahren wir vorher... Du erinnerst dich, es gibt eine Gegend, in der ich mich gern ein paar Tage aufhalten würde.«

11

Wie gingen doch die Zeilen, die ein gewisser Sidi Mahrez, jener Dichter aus dem Mittelalter, beim Anblick tripolitanischer Ruinen aufgeschrieben hatte:

»Warum diese Leere nach der Freude?
Dieses Elend nach dem Glanz?
Dieses Nichts, wo einst die Stadt war?
Wer gibt uns die Antwort? Nur der Wind!«

Eine Woche später erhielt Sibylle einen Brief. Er war handgeschrieben und mehrere Seiten lang. Ihn zu überfliegen war unmöglich, da van der Veldes Schrift unregelmäßig war und er die Angewohnheit hatte, Worte abzukürzen. Einige Zeilen versuchte Sibylle zu entziffern, dann beschloß sie, dies alles, was ihr da per Eilboten ins Haus geschickt worden war, ungelesen und so rasch wie möglich wieder verschwinden zu lassen. Sie warf nicht einmal einen Blick auf den Stempel. Ohne Umstände griff sie zum Feuerzeug und verbrannte zuerst den Umschlag, dann die beschriebenen Blätter. Die Asche warf sie ins Waschbecken und sah zu, wie sie vom Wasser weggespült wurde. Die schwarzen Streifen, die zurückblieben, entfernte sie mit einem Scheuermittel, dann öffnete sie die Fenster, um den Rauch abziehen zu lassen.

›Er hat keinen Grund, mir zu schreiben‹, dachte Sibylle und versuchte sich ihren letzten Geburtstag in Erinnerung zu rufen. War jener Tag nicht überaus glücklich verlaufen, und hatte sie sich nicht über das Halsband mit dem blaßgrünen Stein gefreut und darüber, daß van der Velde wieder in aller Heimlichkeit aufgestanden war, um den kleinen Tisch mit der Kerze bereitzustellen? Und die Auswahl des Restaurants, in dem sie an jenem Abend gegessen hatten... Wie hatte er wissen können, daß es ihr hier besonders gefallen würde, und wie wunderbar konnte man mit ihm Grappa trinken!

Sie ging zum Telefon, wählte van der Veldes Handynummer, und wo sie sich sonst, was selten genug geschah, aus einem wichtigen Anlaß verständigt hatten, kam diesmal keine Antwort.

›Er hat das Handy abgestellt‹, dachte Sibylle.

Und nun tat sie, als stünde van der Veldes Rückkehr unmittelbar bevor. Das heißt, sie ging zum Wochenmarkt, um frisches Gemüse einzukaufen, prüfte eine Avocado, ob sie reif genug war. In der Küche schnitt sie Fleisch zurecht, ehe sie es in den Kühlschrank schob, und bevor sie in die Kanzlei fuhr, ging sie nochmals durch die Räume und notierte auf einem Zettel alles, was ihr zu fehlen schien, genauer, was van der Velde unter dem Vorwand, den Umzug vorzubereiten, weggeschafft hatte.

In der Kanzlei wählte sie die Telefonnummer, unter der er bei Schering zu erreichen war. Es meldete sich eine Frauenstimme, und zunächst hatte Sibylle Mühe zu erklären, daß sie berechtigt sei, über van der Velde Auskünfte einzuholen. Es war ja nichts weiter. Sie wollte lediglich wissen, wann und von wo aus man für van der Velde den Rückflug gebucht hatte, und nachdem Sibylle sich als Ehefrau zu erkennen gegeben hatte, legte sie, ohne eine Antwort abzuwarten, auf.

Wenig später verließ sie die Kanzlei, indem sie erklärte, sie hätte etwas Wichtiges zu erledigen. Sie fuhr in die Wohnung am Nikolsburger Platz zurück, wo sie damit begann, das Sofa, die Teppiche und den Parkettboden abzusaugen, und gegen Abend bemerkte sie, daß sie in Gefahr war, sich zu überfordern. Es begann damit, daß sie vor dem Fernseher für Augenblicke einschlief, und als sie hochschreckte, hörte sie das Telefon klingeln. Aber nachdem sie den Hörer abgenommen hatte, war da nichts weiter als das Amtszeichen, und es dauerte eine Weile, ehe sie, auf der äußersten Kante des Stuhls sitzend, zu sich kam. Ein erneutes Klingeln, diesmal an der Haustür, und als Sibylle den Korridor überquerte, um zur Sprechanlage zu gehen, spürte sie deutlich ein Knirschen unter ihren Füßen.

›Wie ist das möglich‹, dachte sie. ›Ich habe eben alles gründlich weggesaugt.‹

Sie unterließ es zu fragen, wer da unten am Eingang geklingelt hatte, drückte auf den Türöffner, und als hätte sie sich geirrt, als wäre es doch wieder nur das Läuten des Telefons gewesen, sah sie den Korridor entlang ins Wohnzimmer, hörte aber gleichzeitig das Surren des Fahrstuhls, der sich in Bewegung gesetzt hatte. Sie öffnete die Tür: Martin stand mit einem verlegenen Lächeln, da er unangemeldet gekommen war, vor ihr, und nachdem Sibylle ihn in die Bibliothek gebeten hatte, dauerte es eine Weile, ehe sie ins Gespräch kamen. Martin, der blaß und übernächtigt wirkte, gestand, daß er die Nacht in einer Diskothek verbracht und ein Aufputschmittel genommen habe. Sibylle bedauerte, nicht dabeigewesen zu sein.

»Was soll ich hier«, sagte sie. »Besser, ich hätte mich amüsiert, als ständig mit dem Staubsauger zu hantieren.«

Dabei fuhr sie mit der flachen Hand über die Schuhsohle, und Martin war aufmerksam genug zu begreifen, daß sie gereizt war und unter der Abwesenheit van der Veldes litt. Und war es nun, weil Sibylle den Zettel mit der arabischen Schrift wieder hervorzog oder weil sie davon sprach, daß sie ständig gezwungen sei, Sand aus van der Veldes Koffer zu schütteln, plötzlich fühlte sich Martin genötigt, für den Freund ein gutes Wort einzulegen. Er erwähnte die Gegend um Tripolis und versicherte, er könne durchaus verstehen, daß jemand Spaß daran habe, einmal quer durch die Wüste zu reisen.

»Wir wollen hoffen, daß es dabei bleibt«, antwortete Sibylle, unterließ es aber zu erklären, was sie damit meinte.

Sie schwiegen, spürten, wie unmöglich es war, über van der Velde, dazu noch hinter seinem Rükken, Vermutungen anzustellen, und da sie keine falschen Vertraulichkeiten aufkommen lassen wollten, ließen sie es bei diesem kurzen Gespräch bewenden.

12

Leptis Magna, die Ruinenstadt zwischen der Großen und der Kleinen Syrte, die in jedem Reiseführer erwähnt wird, gilt als Geburtsort des Kaisers Septimius Severus. Wer sich näher umsieht, dem fällt auf, wie zahlreich die in Stein und Marmor gemeißelten Inschriften sind. Das Schreiben mit Hammer und Meißel war bei den Leptitanern weit verbreitet, und was erhalten geblieben ist, sind Chroniken, die weit auseinanderliegende Ereignisse überliefern.

Das punische Leptis zwischen der Via Colonnata und der Basilika des Alten Forums reichte bis ins erste Jahrhundert vor Christus. Danach, im Augusteischen Zeitalter, wurde die Stadt systematisch, und als wäre dies auf einem Reißbrett geschehen, erweitert. Das erste Bauvorhaben von Rang war der Markt. Er wurde auf einem künstlichen Plateau errichtet, das die Via Triumphalis überragte. Das geräumige Rechteck war von einer Mauer eingefaßt und erhielt nachträglich einen Doppelportikus nach hellenistischem Vorbild. Als Initiator dieser Anlage ist der Name Tapapius Rufus überliefert, der auch den Bau des Theaters auf dem Terrain einer ehemaligen Nekropole finanziert haben soll. Auch hier waren Erdaufschüttungen nötig gewesen und ein massives Gerüst aus Stein. Durch offene Gewölbebögen konnte man über Rampen und Treppen in den Zuschauerraum gelangen, dessen untere Sitzreihen in den Felsen gehauen waren.

Das zweite wichtige Gebäude an der Via Triumphalis, das um dieselbe Zeit entstand, das sogenannte Chalcidicum, bleibt, wie uns die Archäologen versichern, rätselhaft. Es war eine Art Vestibül, das sich mit einer Kolonnade nach außen hin öffnete. Die lange Säulenreihe aus Kalkstein, die auf einer stufenförmigen Terrasse stand und in der Mitte durch ein vorspringendes Podium akzentuiert wurde, säumte eine Zimmerflucht. Aber ob hier jemand gewohnt hat oder ob die Räumlichkeiten für religiöse Zeremonien bestimmt waren, ist heute nicht mehr ersichtlich. So wie man auch nicht mehr weiß, wer die Cipollino-Säulen aus dem Frigidarium der Hadrians-Thermen anderthalb Kilometer in Richtung Meer an den Strand geschleppt und dort liegengelassen hat. Sie werden dem zweiten Jahrhundert nach Christus zugerechnet, das anspruchsvoller war und in dem man die Sand- oder Kalksteinmauern mit importiertem Marmor überdeckte. Auch war man nun nicht mehr auf das Regenwasser in den Zisternen angewiesen.

Nachdem ein gewisser Quintus Servilius Candidus ein unterirdisches Aquädukt vom zwanzig Kilometer entfernten Cinyps, der ständig Wasser führte, nach Leptis Magna bauen ließ, entstanden überall Brunnen, in den Gärten, den Straßen, auf Plätzen, vor öffentlichen Gebäuden, die Tag und Nacht in Betrieb waren, und der Bau der Hadrians-Thermen, der nun möglich geworden war, gab der Provinzstadt einen beinahe kaiserlichen Glanz. Wo gab es sonst, und in vollkommen symmetrischer Anordnung, ein offenes Schwimmbecken mit Säulenumgang, ein Kaltbad, ein Laubad und schließlich besonders aufwendige Warmbäder? Über zwei Seiteneingänge erreichte man den Innenhof, und wer hier nicht baden wollte, der ging in die auf einer Inschrift als Krypta bezeichnete Galerie, in der das Frigidarium und die Schwimmbecken vom Warmbereich abgeschirmt waren, und in dieser Wandelhalle konnte man, nachdem man sich abgekühlt hatte, entweder liegen oder sitzen oder auf und ab gehen und miteinander plaudern.

Das Ambiente wurde durch Renovierungsarbeiten ständig verbessert. Die Wände des Caldariums wurden mit numidischem Marmor verkleidet, das Tonnengewölbe mit Mosaiken, das dreifache Kreuzgratgewölbe der Mittelhalle wurde von acht Cipollino-Säulen nachträglich gestützt, und überall, im Mittelraum des Frigidariums, auf den Interkolumnien der Bäder und des Tepidariums, in den angrenzenden Sälen und den Exedren der Palaestra, wurden Statuen aufgestellt: Kopien der Meisterwerke des Polyklet oder Nachbildungen des Apollo von Delphi, auf denen, sozusagen als Geste der Huldigung, Köpfe berühmter Zeitgenossen montiert worden waren. War dieser Luxus noch zu übertreffen?

Allerdings. Man könnte jetzt nochmals auf das severische Forum und vor allem auf die angrenzende Basilika verweisen, deren brüchige Bodenplatten heute mit Geröll aus Marmor und Kalkstein übersät sind und in denen sich die Feuchtigkeit nach jedem Gewitterregen besonders hartnäckig hält. Aber früher, zu Zeiten des Septimius Severus, galt dieser weiträumige Komplex mit seinen Kolossalsäulen aus Granit auf Sockeln aus weißem Marmor, mit seinen Akanthusornamenten, den Medaillons, auf denen Tiergesichter, Blumen und seltsame Figuren zu sehen waren, galt allein die Halle, in der in übereinanderliegenden Reihen mehr als achtzig Säulen verteilt waren, als Höhepunkt monumentaler Baukunst.

Und wer hätte sich jemals, nachdem dies alles vollendet, besser, nachdem dies alles, um die Vollendung zu sichern, immer und immer wieder renoviert und verbessert worden war, wer hätte sich vorstellen können, daß es da noch etwas anderes gab, etwas, das man nicht bedacht hatte und das, wenn der Wind stark genug war, Spuren von feinkörnigem Sand von der Wüste oder vom Meer her über die blühende Stadt schickte. Es zu benennen wäre ein Ding der Unmöglichkeit, und wenn man es trotzdem versuchen wollte, könnte man, im Anblick der ausgegrabenen Trümmer, nichts anderes sagen als: Da war, von Anfang an, kaum daß man den ersten Stein gesetzt, kaum daß man damit begonnen hatte, sich in dieser Gegend und womöglich für die nächsten tausend Jahre einzurichten, ein Würgeengel am Werk.

13

Ein Würgeengel! Ist das nicht etwas zu hoch gegriffen? Eines jedenfalls konnte man sicher sagen: Die Gegend an der Berliner Königsheide hatte Vergleichbares nicht aufzuweisen, und es wäre albern, sie mit dem antiken Libyen zu vergleichen, aber auch hier war man bemüht, die Dinge, die man sich geschaffen hatte, zu erhalten. In der Laubenkolonie rechts von der Johannisthaler Chaussee wurde der Eindruck des Armseligen Jahr für Jahr durch neue Blumenbeete aufgebessert, oder man füllte die Wege mit frischgewaschenem Kies auf. Auch in der Siedlung gegenüber gab es triste Einfamilienhäuser, viereckige, glattverputzte, balkonlose Kästen, aber die Bauten aus den frühen zwanziger Jahren, deren geschwungene Dächer und vorspringende Erker man noch einem architektonischen Stil zuordnen durfte, wirkten anziehend, und wo die Vorgärten mit strenggeschnittenen Hecken eingegrenzt waren, wo man Rhododendronsträucher, Magnolienbäume oder hochgewachsene Kiefern vorzuweisen hatte, dort entstand der Eindruck, man befände sich, statt im Berliner Südosten, im westlich gelegenen Zehlendorf.

Auch im Agavensteig Nr. 4 tat sich neuerdings einiges, und was den Nachbarn zuerst auffiel, war die Entschlossenheit, mit der Sibylle versuchte, dem verwilderten Garten wieder eine Kontur zu geben. Sie schnitt die Forsythien zurück, beseitigte das Unkraut, sorgte dafür, daß der Springbrunnen in Ordnung gebracht wurde, dem Tulpenbaum gab sie frischen Dünger, und auch im Innern des Hauses schien sie unermüdlich zu sein. Die Fenster wurden geputzt, man hörte, wie sie mit dem Staubsauger hantierte. Sie nahm die Vorhänge ab, um sie Tage später gewaschen und gebügelt wieder aufzuhängen. Aber warum und für wen sie dies tat, wußte niemand zu sagen. Zwei- oder dreimal in der Woche tauchte sie auf, und dann konnte es vorkommen, daß ein Handwerker auf sie wartete, der wenig später das Dach oder im Keller die Fundamente des Hauses überprüfte. Die Mutter, der das Grundstück gehörte, sah man in dieser kleinen Siedlung überhaupt nicht mehr, aber die Tochter, obwohl sie hier noch nicht wohnte und obwohl ihr der Zustand des Hauses gleichgültig hätte sein können, die Tochter schien von einem Gefühl der Sorge umgetrieben, daß der Garten und das Gebäude anfangen könnten, irreparablen Schaden zu nehmen. Ansonsten blieb alles unverändert, und daß Sibylle in den Räumen am Agavensteig weder die Bücher, die van der Velde aus der Wohnung geschleppt hatte, noch die Computeranlage vorfand, dies ließ sie unbeachtet.

›Er wird die Sachen, da die Mutter hier noch wohnt, woanders abgestellt haben‹, dachte sie und glaubte sich zu erinnern, daß van der Velde die Adresse eines Lagerschuppens erwähnt hatte.

Am nächsten Tag hatte sie eine denkwürdige Begegnung. Es begann damit, daß sie unmittelbar vor der Garage das Klappen einer Autotür hörte. Sie war dabei, das Haus zu verlassen, um zurück zum Nikolsburger Platz zu fahren, hatte schon die Schlüssel in der Hand, hielt sich aber noch, da sie nach ihrer Tasche suchte, im Korridor auf. Die energischen Schritte auf die Eingangstür zu, das Auftauchen der Mutter hinter der Milchglasscheibe wartete sie ab, dann, sie wußte selbst nicht, warum, trat sie in ihr Zimmer zurück. Da die Tür nicht abgeschlossen war, rechnete sie damit, daß der Mutter dies auffallen würde. Aber Frau Bertram war schon auf der Treppe zum oberen Stockwerk unterwegs, und Sibylle hörte, wie sie hierhin und dorthin ging, um Schränke und Schubladen zu öffnen. Dabei redete sie mit sich selbst. Es war wie ein leises, ununterbrochenes Fluchen, als hätte sie Grund, ärgerlich zu sein, und nachdem sie ins Erdgeschoß zurückgegangen war, betrat sie das Zimmer des Vaters. Auch hier ein ungeduldiges Hantieren am Schreibtisch, und als hätte sie nicht gefunden, was sie suchte, und als wüßte sie sich für einige Augenblicke nicht zu helfen, war plötzlich alles still. Jetzt mußte Sibylle damit rechnen, daß die Mutter auch in ihr Zimmer treten würde, und sie war entschlossen, ihr auszuweichen.

Die Stille, in die sie hineinlauschte, nahm kein Ende, und irgendwann, sie hatte weder die Autotür klappen noch das Starten des Motors gehört, glaubte Sibylle, daß die Mutter abgefahren sei.

Sie erschrak über die Unordnung, die die Mutter in den Zimmern hinterlassen hatte: Die Schranktüren sperrangelweit offen, die Schubladen herausgezogen, die Papiere, in denen die Mutter gewühlt hatte, lagen überall herum. Sibylle begann aufzuräumen, und als sie in den Korridor ging, um zu überprüfen, ob van der Veldes Kleiderschrank, den sie hier unterbringen wollte, nicht zu groß sein würde, stand ihr plötzlich die Mutter im Rücken.

»Du mußt dich nicht verstecken«, sagte sie. »Ihr könnt, wann immer es euch paßt, hierher umziehen. Ich bleibe in Potsdam«, fügte sie hinzu und sah mißbilligend auf die Papiere, die Sibylle vom Teppich aufgehoben hatte, um sie, sie wußte aber nicht, wo, wieder einzuordnen.

»Wann ist euer Hochzeitstermin?«

»Am sechzehnten Dezember«, antwortete Sibylle.

Es klingelte. Frau Bertram, als hätte sie darauf gewartet, trat auf den Korridor hinaus. Sie kam mit einem älteren Herrn zurück, mit dem sie ins Wohnzimmer ging, und Sibylle hörte durch die geschlossene Tür hindurch, daß die Mutter auf den Fremden einredete. Was sie sagte, war nicht zu verstehen, aber wieder war da der Eindruck, sie würde sich über etwas beschweren, über etwas, das mit dem Vater zu tun hatte. Sibylle beschloß, dem Gespräch der beiden, obwohl es nur aus Verlegenheit geschah, nicht weiter zuzuhören, und als sie ins Zimmer des Vaters trat, fühlte sie einen leichten Schwindel in ihrem Kopf.

Sie legte sich auf die Couch, und sie weigerte sich, über das Benehmen der Mutter auch nur zu mutmaßen. Sie selbst war ja, seit sie den Brief erhalten und verbrannt hatte, im Zustand ununterbrochener Abwehr, und sie mußte nun, sollte der Umzug noch vor dem Hochzeitstermin abgeschlossen sein, all ihre Kräfte zusammennehmen. Nachdem der Besucher gegangen war, stand die Mutter wieder vor ihr, und sie wollte wissen, warum sich van der Velde nicht mehr, wie verabredet, in dem Büro der Firma sehen ließ.

»Ist er wieder verreist?« fragte sie. Und ohne Sibylles Antwort abzuwarten und als wüßte sie, daß die Tochter dies wieder nur als Gelegenheit nehmen würde, sich zu beschweren, fügte sie hinzu: »Ja, so ist das eben. Auch mit unterschriebenem Trauschein wirst du dich an gewisse Dinge gewöhnen müssen. Und da du ihn nie gefragt hast, wo er herumreist, hast du auch keine Antwort bekommen.«

Ihre Stimme klang verbittert, und Sibylle spürte, daß die Mutter, womöglich erst nach dem Tode des Vaters, etwas erfahren haben mußte, das sie zu äußerster Selbstbeherrschung zwang. Aber sie hielt Wort: Keine drei Wochen später stand ein Möbelwagen vor dem Haus im Agavensteig Nr. 4 und lud von dem Inventar alles ein, was Frau Bertram vorher auf einem Bogen Papier aufgelistet hatte.

14

Die Schwindelanfälle wiederholten sich. Es war, wie Sibylle in der Kanzlei erfuhr, nichts Außergewöhnliches. Hier litt jeder an irgendeiner Unpäßlichkeit. Der eine machte das Wetter, der andere den Streß verantwortlich. Man versuchte sich einzurichten, flüchtete in kleine Laster, und so war es nur selbstverständlich, daß Sibylle neuerdings eine Schachtel mit Pralinen bei sich hatte, die nach einigen Stunden leer war. Auch lehnte sie, was sonst selbstverständlich gewesen wäre, die Zigaretten nicht ab, die man ihr anbot, zog hastig den Rauch ein und sprach davon, daß sie die Wohnung am Nikolsburger Platz aufgegeben hätte und dabei sei, an den Stadtrand zu ziehen. Aus welchem Grund dies geschah, hatte sich herumgesprochen.

Wann es denn soweit sei und ob man für alle Fälle schon eine Flasche Champagner kalt stellen solle, wollte man wissen.

»Ich sage rechtzeitig Bescheid«, antwortete Sibylle, und es war unverkennbar, daß sie jede Anspielung auf die bevorstehende Hochzeit dankbar, ja beinahe gierig aufnahm.

Sie begann sich zu beeilen. Sie übergab die Wohnung einer Agentur, mit dem Auftrag, sie zu vermieten, bestellte den Möbelwagen. Anfang November übernachtete sie zum letzten Mal in den Räumen, die sie vor kurzem noch renovieren lassen wollte. Auf dem Parkett fehlten die Teppiche, die Gardinen hingen schon in Johannisthal, so daß Sibylle, wenn sie durch die Zimmer ging, den Hall der eigenen Schritte hörte, und am nächsten Morgen, bevor sie die Wohnung endgültig verließ, verzichtete sie auf das Frühstück, weil in der Küche der Tisch und die Stühle fehlten.

Im Haus am Agavensteig Nr. 4 indessen stand fast alles an seinem Platz, und Sibylle hatte darauf geachtet, daß die Ausstattung der Zimmer ähnlich ausfiel wie in der verlassenen Wohnung. Das heißt, sie hatte van der Veldes Bibliothek im Zimmer des Vaters untergebracht, hatte einen Platz für die Computeranlage frei gelassen, in den Regalen waren die Bücher so geordnet, daß die entstandenen Lücken jederzeit wieder geschlossen werden konnten. Der Kleiderschrank stand, wie sie es gewünscht hatte, im Korridor. Nur ein paar Gardinen hatte sie für die kleineren Fenster kürzen müssen, und die

Küche wirkte, da die Mutter einiges zurückgelassen hatte, etwas vollgestellt.

Dies wollte Sibylle ändern, aber nicht jetzt. Jetzt überlegte sie, wo sie in Zukunft einkaufen sollte. Es gab in unmittelbarer Nähe weder einen Lebensmittelladen noch einen Wochenmarkt, wie sie ihn vom Nikolsburger Platz her gewohnt war. Sie erkundigte sich bei den Nachbarn. Man riet ihr, mit dem Auto zur Baumschulenstraße zu fahren, und so kam sie, obwohl sie für sich selbst kein Essen kochte, regelmäßig mit vollen Einkaufstaschen aus eben jener Richtung, die ihr die Nachbarn gewiesen hatten, zurück. An den Wochenenden kümmerte sie sich um den Garten, und an den Abenden saß sie vor dem Fernseher, aß Kuchen oder Kartoffelchips, trank Wein aus einem Wasserglas, und manchmal konnte es vorkommen, daß sie zum Telefonhörer griff, van der Veldes Nummer wählte, um zu überprüfen, ob da immer noch dieses undefinierbare Rauschen zu hören war, und es war ihr, wenn sie es tat, durchaus bewußt, daß sie in Gefahr war, sich lächerlich zu machen.

Ende November tauchte Frau Bertram nochmals im Agavensteig auf. Genauer: Als Sibylle mit dem Auto vorfuhr, sah sie, daß alle Zimmer erleuchtet waren, und als sie die Haustür öffnete, kam ihr die Mutter entgegen.

»Entschuldige, daß ich, ohne dich zu fragen, hier eingedrungen bin«, sagte sie. »Aber ich hatte noch die Schlüssel.«

Und nachdem sie das Lederetui auf der Konsole abgelegt hatte, ging sie von Zimmer zu Zimmer, um das Licht auszumachen. Im Zimmer des Vaters zog sie den Schreibtischstuhl zu sich heran und setzte sich. Sie machte eine Bewegung mit der Hand, als wollte sie Sibylle, die auf der Schwelle zum Korridor stand, bitten näher zu kommen.

»Es tut mir leid«, sagte sie, »daß ich neulich so unbeherrscht war. Ich mußte eine Gemeinheit abwehren«, fügte sie hinzu, nahm ihre Brille ab, zog ein Taschentuch aus der Jackentasche, um die Gläser sauberzuwischen.

Dann, nachdem sie die Brille wieder aufgesetzt hatte, öffnete sie die Handtasche, begann darin herumzukramen, und als sie endlich gefunden hatte, was sie suchte, es war ein Brief, den sie auseinanderfaltete, begann sie zu lesen. Sie rührte sich nicht, auch nicht, als offensichtlich war, daß sie die wenigen Zeilen mehrmals überflogen haben mußte. Sibylle, die jetzt neben ihr stand, sah auf den Briefkopf und meinte, den Namen eines Rechtsanwalts zu erkennen.

»Kann ich dir helfen?«

»Nein«, sagte die Mutter, schob den Brief in die

Handtasche zurück, und mehr wurde zwischen den beiden nicht gesprochen.

Nachdem Frau Bertram gegangen war, versuchte Sibylle herauszufinden, welche Gemeinheit ihr die Mutter verschwiegen haben könnte. Irgendwelche Vermutungen tauchten auf, die sie sofort abwehrte. Sie ging ins Wohnzimmer, betrachtete das Hochzeitsfoto, das dort seit Jahren an der Wand hing. Aber da war nichts, was ihr nachträglich hätte Aufschluß geben können. Es war die alte Selbstgewißheit und Zuversicht, die die Eltern ausstrahlten. Der Vater hochaufgerichtet, die Mutter, die ihm bis zur Schulter reichte, beinahe triumphierend, und Sibylle erinnerte sich daran, wie unermüdlich, wie selbstlos die Mutter, die nach dem Unfall das Krankenhaus als erste verlassen durfte, sich um den Vater, dessen linker Arm mehrmals operiert werden mußte, gekümmert hatte. Überhaupt hatte es bis zuletzt, bis der Vater so unerwartet starb, nie ein Anzeichen von nachlassender Sorge gegeben. Sicher, sie hatten sich oft gestritten, aber nur, weil Bertram unverbesserlich leichtsinnig gewesen war. Warum also die Kälte, die neuerdings von der Mutter ausging, und warum hatte sie die Schubladen durchwühlt, hatte alles achtlos auf den Teppichboden geworfen, darunter auch jenen kleinen, in Leder gebundenen Kalender, den der Vater als Gedächtnisstütze benutzt hatte. Er hatte Telefonnummern, Stichworte, irgendwelche Redensarten eingetragen, darunter diese Notiz, offensichtlich die Mutter betreffend:

»Nicht vergessen, sie mag kein Weißgold«, las Sibylle und kam nicht darüber hinweg, daß die Mutter ausgerechnet jenes Notizbuch, in dem sich der Vater Gedanken über ihre Wünsche und Abneigungen gemacht hatte, mit zu den Papieren geworfen hatte. Und ihr fiel das Halsband mit dem blaßgrünen Stein ein, und sie dachte darüber nach, ob auch mit diesem Geschenk, das sie von van der Velde bekommen hatte, letzten Endes nichts gewonnen war.

Sie wurde unruhig, beschloß spazierenzugehen. Zunächst sah man, wie sie ziellos im Agavensteig auf und ab ging. Sie überquerte die Johannisthaler Chaussee, um sich in der gegenüberliegenden Laubenkolonie zu verirren. Allmählich, wohl auch, weil sie auf dem Rückweg einen weiten Bogen durch die Königsheide nahm, spürte sie eine angenehme Müdigkeit, die Abgerücktheit der Dinge in der beginnenden Dämmerung tat ihr wohl, und als es dunkel wurde, machte sie im Korridor das Licht an, ging aber sofort in das Zimmer des Vaters zurück, beobachtete von ebendiesem Zimmer aus den schwachen Lichtschein, den die Korridorlampe verbreitete, und sie war sicher, daß dies nicht umsonst sein würde, daß es ihr, wenn sie nur lange genug durchhielt, gelingen würde, den Vater, und sei es auch nur für einen Augenblick, in ihrer Vorstellung herbeizuzwingen.

Mit der Mutter konnte sie nicht mehr rechnen. Aber der Vater, ja natürlich, er wäre umgänglicher gewesen. Und, wer weiß, vielleicht hätte er ihr sagen können, ob sie sich über die letzte Reise van der Veldes, die kein Ende nehmen wollte, Sorgen machen mußte. Und vor allem: »Warum hat er mir einen Brief geschrieben«, wollte sie fragen, und sie wollte dem Vater gestehen, daß sie ihn ungelesen verbrannt hatte. Sie konnte sich ihr Verhalten selber nicht erklären, und doch glaubte sie, daß dies richtig gewesen war, und sie wollte fragen, ob es da etwas gäbe, das sie zu fürchten hatte, weil es sich ihrem Verständnis entzog.

Am nächsten Tag fuhr Sibylle ins Touristenbüro. Sie ließ sich eine Reiseroute von Auckland nach Wellington und weiter die Küste entlang bis Christchurch zusammenstellen, wollte wissen, auf welcher der vorgelagerten Inseln man anderthalb Wochen Urlaub machen könne. Sie erkundigte sich danach, wie lange ihr noch Zeit bleiben würde, sich für die jeweiligen Flüge zu entscheiden, und Stunden später, nachdem sie in das Johannisthaler Haus zurückgekehrt war, war sie wieder mit dem Handy beschäftigt. Diesmal kam eine Verbindung zustande. Sibylle hörte ein langgestrecktes »Jaaa«, und sie scheute sich nicht, jenem dort, den sie am anderen Ende der Leitung vermutete, sehr rasch und sehr hastig, als würde sie fürchten, die Verbindung könnte jederzeit abbrechen, sie scheute sich nicht, jenem dort zu sagen, daß alles in Ordnung sei, daß sie, wie verabredet, die Reise nach Neuseeland organisiert habe und daß sie jetzt, nach reiflicher Überlegung, sogar einverstanden sei, vorher, warum nicht, nach Leptis Magna zu fahren. Dies sagte sie, glaubte sogar eine Antwort zu hören. Aber zuletzt war da wieder nur ein undefinierbares Rauschen, und es kam ihr vor, als würde ihr Leben, zumindest für diesen Augenblick, nur noch von unsicheren Fäden gehalten.

Da war der Vater, dessen Spur ins Nichts führte, da war die Mutter, die irgendeinen Grund zu haben schien, in den Schubladen herumzuwühlen, da war van der Velde, den sie in seiner irrlichternden Existenz nie hatte fassen können, und da war sie selbst, die unfähig war, von den unglücklichen Umständen, unter denen sie litt, loszulassen. Sie staunte über die Hartnäckigkeit, mit der sie sich einredete, daß sie ohne jenen, der es am allerwenigsten verdient hatte, nicht würde leben können, und sie wußte, daß auch dieser Liebeskummer, wie jeder Kummer, lediglich eine Frage der Zeit war.

›Eine Frage der Zeit. In ein, zwei Jahren, vielleicht sogar eher, hätte ich die Sache hinter mir‹, dachte Sibylle.

Aber sie konnte von dieser Einsicht keinen Gebrauch machen. Die Zeit, das hatte sie erfahren, war etwas, das ihr nicht freundlich gesinnt war, und sie erinnerte sich, wie unangenehm es ihr gewesen war, als van der Velde versucht hatte, indem er das Konversationslexikon zur Hand nahm, sich Klarheit darüber zu verschaffen: »Zeit ist die nicht umkehrbare, unwiederholbare Aufeinanderfolge von Veränderungen und Ereignissen ...« Diesen Satz hatte sie sich eingeprägt, und sie hatte es nicht geschafft, ihn in seiner Selbstverständlichkeit zu belassen.

›Denn eines ist klar‹, dachte Sibylle, ›wenn alles, was das Leben ausmacht, immer nur vergeht...‹

Ja, was dann?

15

In der Nacht vor dem Trauungstermin ging Sibylle in dem Johannisthaler Haus auf und ab und kämpfte gegen ein Gefühl von Angst. Sie hatte Herzklopfen, Schweißausbrüche stellten sich ein. Zunächst vermutete sie einen Wetterwechsel. Die Luft war, auch bei geöffneten Fenstern, unerträglich stickig. Man kennt die Atemnot, die einen überkommt, wenn eine Gewitterfront am Himmel aufzieht, aber immer wieder zögert, die gespannte Stille, die Bewegungslosigkeit, die ihr vorausgeht, endlich zu durchbrechen. Aber sooft Sibylle auch ans Fenster trat, da war nichts, was ihr den Zustand, der sie bedrängte, hätte verständlich machen können. Der Himmel war klar und kühl. Also schloß sie die Fenster, und nun kam es ihr vor, als wäre sie außerstande, von einem Zimmer ins andere zu gehen, als wäre da etwas ihr Widerstrebendes, das sich nur mühsam überwinden ließ. Mit bleiernen Füßen, mit einem Gefühl, niedergehalten zu werden, mußte sie sich über den Korridor in die

Küche schleppen, wo sie eisgekühltes Wasser trank. Sie suchte nach der Schachtel mit dem Beruhigungsmittel. Und hörte sie nicht, wie ein Wagen vorfuhr und wie jemand, ohne den Motor abzuschalten, die wenigen Schritte durch den Vorgarten ging und wie er, ohne zu klingeln, versuchte die Haustür zu öffnen? An den Umrissen hinter der Milchglasscheibe glaubte sie zu erkennen, daß es van der Velde war, und nun wartete sie, indem sie das Licht ausschaltete, was geschehen würde. Die Tür war verriegelt, van der Velde hatte keinen Schlüssel mehr. Er entfernte sich, der Motor wurde ausgeschaltet. Sibylle glaubte Schritte hinter dem Haus zu hören, dann, wie jemand einen Gegenstand zurechtrückte, und tatsächlich: Plötzlich tauchte van der Veldes Gesicht am Fenster auf. Er versuchte, ins Innere des Hauses zu sehen, aber er konnte Sibylle, obwohl sie nur wenige Schritte vor ihm stand, nicht erkennen, und sie rührte sich nicht. Sie hatte vor kurzem selber erfahren, daß man, wenn es draußen heller als in den Zimmern war, nichts weiter sehen konnte als das eigene Spiegelbild. Und war es nun, weil es van der Velde nicht gelang, die Selbstbespiegelung zu überwinden, immer wieder nahm er eine Hand vom Fensterbrett, um die Augen abzuschirmen, oder war es, weil er Mühe hatte, auf dem kippeligen Gartenstuhl die

Balance zu halten, plötzlich war sein Gesicht verschwunden. Sibylle hörte, wie der Stuhl umfiel, wie die Autotür klappte, der Motor heulte auf, und als sie in den Vorgarten hinaustrat, war sie sicher, daß er auf dem Weg zum Nikolsburger Platz war.

›Er sucht mich. Und er ist gekommen, um den Trauungstermin einzuhalten‹, dachte Sibylle.

Und augenblicklich wurde ihr leichter. Es gelang ihr durchzuatmen, und daß van der Veldes Auftauchen vielleicht nur ein Wunschbild ihrer Einbildungskraft gewesen sein könnte, darüber machte sie sich keine Gedanken. Auch glaubte sie jetzt, daß ihre Vermutung richtig gewesen war, daß sich nicht hier, aber irgendwo, jenseits des Horizonts, womöglich in einer fremden Gegend, ein Wetterwechsel vollzog.

›Manchmal spürt man dergleichen Dinge über Tausende von Kilometern hinweg‹, dachte Sibylle und beschloß, ins Bett zu gehen. Ihr blieben noch einige Stunden Schlaf.

Am nächsten Morgen suchte sie nach dem Halsband mit dem blaßgrünen Stein. Sie konnte es nicht finden, und zuletzt entschied sie sich, gar keinen Schmuck zu tragen. Als sie die halbstündige Fahrt zur Innenstadt hinter sich hatte und auf den Hohenzollerndamm einbog, sah sie im Rückspiegel, daß sie vergessen hatte, ihren Lippenstift zu benutzen, dafür hatte sie ihr Haar gründlich frisiert, und sie spürte, da sie fülliger geworden war, wie das Kostüm spannte und womöglich, darauf mußte sie achten, in der Taille Falten warf. Also hielt sie am Straßenrand, rückte den Rock zurecht, fuhr weiter, und nachdem sie den Wagen auf dem Parkplatz vor dem Postamt abgestellt hatte, von hier aus waren es nur noch wenige Schritte bis zum Standesamt, prüfte sie, indem sie die Handtasche öffnete, ob sie alle nötigen Papiere bei sich hatte. Es waren ja nichts weiter als die Geburtsurkunde und jene kurze Benachrichtigung, mit der man den Trauungstermin bestätigte, und als sie sich dem Berkaer Platz näherte, sie sah schon die Rathausfassade aus rotem Backstein, blieb sie stehen. Frau Bertram ging vor dem Eingang auf und ab. Und wo war van der Velde?

›Er wird in der Halle sein‹, dachte Sibylle, gab sich einen Ruck, wollte auf die Mutter zugehen, die aber plötzlich verschwand, und erst nachdem Sibylle die Treppe zur ersten Etage hinaufgegangen war, sah sie sie wieder, sah, daß sie sich mit zwei jungen Mädchen, offenbar waren es die Trauzeugen, bekannt gemacht hatte. Die drei standen beieinander und plauderten. Frau Bertram sah auf die Uhr. In zehn Minuten, sowie das vorangegangene Brautpaar aus der Tür treten würde, war es soweit.

Sibylle schloß den Kragen ihrer Bluse, sah noch, daß die Mutter eine langstielige Orchidee in der Hand hielt, dann hatte man sie entdeckt.

»Da bist du ja endlich, Kind«, rief die Mutter, sah an ihr vorbei in Richtung auf die Treppe, da sie van der Velde nicht entdecken konnte.

Sibylle begrüßte die Trauzeugen, die Mutter zögerte, ob sie ihr die Orchidee überreichen sollte, zuletzt herrschte unentschiedenes Schweigen. Alle warteten auf van der Velde, und als sich die Tür öffnete, als die nächste Trauung aufgerufen wurde, niemand hatte bemerkt, daß das Paar, das vor ihnen an der Reihe gewesen war, sich längst entfernt hatte, gab es keine Gelegenheit mehr, zu erklären, warum Sibylle anwesend war, aber derjenige, den sie heiraten wollte, sich immer noch nicht zeigte. Sibylle forderte die Mädchen auf einzutreten, die Mutter weigerte sich, trat einige Schritte zurück. Dann wurde die Tür geschlossen, und Frau Bertram, irritiert über das Benehmen der Tochter, ging zur Treppe, beugte sich über das Geländer. Aber da war niemand, und als sie sich umdrehte, sah sie, daß die drei Frauen wieder auf dem Korridor standen. Sibylle drückte jedem der Mädchen ein paar Geldscheine in die Hand. Sie entfernten sich, und nun gingen Mutter und Tochter aufeinander zu, und wie um keine falschen Fragen aufkommen zu lassen, nahm Sibylle der Mutter die Orchidee aus der Hand und sagte:

»Mach dir keine Sorgen. Und falls du wissen willst, wo van der Velde ist, ich nehme an, er ist in Leptis Magna.«

16

Und nun geschah etwas, das keine zwei Tage dauerte, und danach hatte Sibylle keine Kraft und auch keine Lust mehr, ihre Abhängigkeit von van der Velde nochmals in Frage zu stellen. Schon einmal hatte sie, als Martin übernächtigt und unter dem Einfluß eines Aufputschmittels bei ihr aufgetaucht war, den Wunsch geäußert, er möge sie mit in die Diskothek nehmen. Diesmal holte er Sibylle mit dem Wagen ab, und es dauerte eine Weile, ehe sie ein fabrikähnliches Gelände erreichten. Sie betraten einen überfüllten Schuppen, in dem Ventilatoren vergeblich versuchten, für frische Luft zu sorgen.

»Es kommt nur darauf an«, erklärte Martin, »daß du nachher sagen kannst, du hast durchgehalten. Und je länger, desto besser.«

Er bot Sibylle eine kleine Tablette an, die sie mit einem Schluck Coca-Cola hinunterspülte. Und tatsächlich: Sibylle tanzte über mehrere Stunden hinweg, und als sie den Schuppen wieder verließen, mußte sie Martin recht geben: Sie staunte, daß sie so lange und ohne sich einmal zu setzen oder etwas zu trinken, durchgehalten hatte. So etwas wie das Erlebnis einer nie endenden Kraft, als wäre man, obwohl man sich ständig verausgabte, in dem Versprechen gelandet, man könnte ewig über sich verfügen, dies glaubte Sibylle zu spüren, und als Martin sie nach Johannisthal zurückgebracht hatte, bat sie ihn, den Rest der Nacht bei ihr zu bleiben. Man werde schon sehen, ob es einem am Ende nicht doch noch gelingen würde, müde zu werden.

Als sie erwachte, war es Nachmittag. Sie hatte Kopfschmerzen, und sie erschrak, als sie das zerwühlte Bett neben sich sah. Martin war gegangen, hatte aber auf einem Zettel einen Gruß hinterlassen, den Sibylle sofort zerriß und in den Mülleimer warf, und als könnte sie, was geschehen war, dadurch rückgängig machen, zog sie das Bettzeug ab, brachte es in die Wäscherei. Anschließend sah man, wie sie, bei weit geöffneten Fenstern, das Schlafzimmer wischte, und als das Telefon klingelte, griff sie zum Handtuch, um sich die Hände abzutrocknen, und erst danach, als könnten die nassen Finger sie verraten, nahm sie den Hörer ab. Es war nicht jener, auf den sie gehofft hatte, es war Martin, den sie mit ein paar Freundlichkeiten loszuwerden versuchte. Es gelang ihr nicht. Er blieb hartnäckig, und zuletzt, nachdem er darauf bestanden hatte, war sie bereit, ihn nochmals zu treffen, aber nicht hier, im Agavensteig Nr. 4, sondern in einem Café in der Innenstadt und möglichst weit weg vom Nikolsburger Platz.

Sie kam später als verabredet, trug ein hochgeschlossenes Kleid, versteckte die Augen hinter einer Sonnenbrille und erklärte sofort, kaum daß sie sich gesetzt und ein Glas Wasser bestellt hatte, daß sich Martin keine falschen Hoffnungen machen solle. Was geschehen sei, sei geschehen. Aber sie habe nicht die Absicht, ihre Beziehung zu van der Velde zu gefährden. Im übrigen gäbe es genug Männer, auch und vor allem in ihrer Kanzlei, denen sie das gleiche habe versichern müssen. Sie habe keinen anderen Wunsch, als zu heiraten, ein Kind zu haben und in einem eigenen Haus so normal wie möglich zu leben.

Martin konnte ein Grinsen nicht unterdrücken. Er spielte auf van der Veldes Abwesenheit an und fragte, ob es denn in der Nähe des Hauses eine geeignete Stelle geben würde, um den vielen Sand unterzubringen, den van der Velde regelmäßig in seinem Koffer hatte.

»Hast du im übrigen herausgefunden, wo er ihn aufsammelt? Es gibt nämlich viele Gegenden, in denen man sich amüsieren kann. Etwa den Strand an der Nordsee oder am Indischen Ozean. Es muß ja nicht immer das eigene Schlafzimmer sein, das man hinterher aufräumen muß«, fügte er hinzu, und es war vollkommen klar, daß er damit das gemeinsame Amüsement in dem überfüllten Schuppen und die anschließenden Vertraulichkeiten ins Lächerliche ziehen wollte.

17

In Berlin wurde es kälter, es begann zu schneien. In Leptis Magna wurde es, nachdem ein Gewitterregen niedergegangen war, wieder warm, und der Wind, ja der ewige Wind, der tagsüber vom Meer, nachts aus dem Landesinneren herüberwehte, trocknete die Regenpfützen. Nur auf dem severischen Forum, vielleicht weil die Bodenplatten hier besonders dicht mit Geröll aus Marmor und Kalkstein übersät waren, hielt sich die Feuchtigkeit. Dampf stieg auf. Ein süßlicher Geruch lag überall in der Luft. Lohnte es sich überhaupt, in dieser Jahreszeit dorthin zu fahren? Sibylle musterte die arabischen Schriftzeichen auf dem Stempel in ihrem Paß.

›Wie auf der Hotelrechnung. Es könnte ein gutes Zeichen sein‹, dachte sie und lächelte über diesen kindlichen Gedanken.

Das Packen der Koffer geschah sorgfältig und dauerte einige Stunden. Aber was wollte Sibylle mit zwei großen Koffern auf einer Reise, auf der man eine Jeans und ein paar T-Shirts, vielleicht noch einen Pullover oder eine Jacke, um sich gegen die nächtliche Kälte zu schützen, nötig hatte, was, um Gottes willen, wollte Sibylle mit so viel überflüssiger Garderobe! Auch den Schmuck, den sie einpackte, würde sie nie und nimmer tragen können. Wußte sie nicht, in was für eine Gegend sie reiste und daß dort überaus strenge Sitten herrschten!

Sibylle wußte es genau, und doch tat sie so, als käme es darauf an, auch dort für alle Fälle gerüstet zu sein. Derart beladen und kaum in der Lage, die Koffer und Taschen aus eigener Kraft zu bewegen, erreichte sie zuerst Tegel, dann Frankfurt am Main, und am frühen Nachmittag, es ging schneller, als sie dachte, hatte das Flugzeug das Mittelmeer überflogen und setzte in Tripolis zur Landung an.

Die Einreise verzögerte sich. Es begann damit, daß die Beamten auf ihre Koffer aufmerksam wurden, genauer: Sie fanden es suspekt, daß Sibylle nicht erklären konnte, warum sie für einen kurzen Aufenthalt derart viel Garderobe eingepackt hatte. Man sonderte die Koffer aus, Sibylle wurde in einen kleinen, fensterlosen Raum gebeten, und nun begann ein Verhör auf englisch, in dem sie behauptete, sie wäre auf der Hochzeitsreise und hätte die Absicht, von Libyen aus nach Neuseeland weiterzufliegen.

Wo denn der Ehemann sei, wollte man wissen. Dies konnte Sibylle nicht beantworten. Ein weiterer Beamter trat mit hinzu. Man beriet, wie Sibylles Aussagen zu bewerten seien, und war es nun, weil die Beamten bei aller Beflissenheit keinen wirklichen Anhaltspunkt geltend machen konnten, der ihr Mißtrauen bestätigt hätte, oder war es, weil zuletzt, offenbar hatte man ihn herbeizitiert, der Reiseleiter auftauchte und, eine Liste in der Hand, versicherte, daß Sibylle diese Rundreise ordnungsgemäß gebucht habe, sie bekam ihren Paß zurück. Man forderte sie auf, einen Teil des Gepäcks auf dem Flughafen zu deponieren, und gegen Abend, endlich, es war bereits dunkel, erreichte sie, nur noch die Reisetasche in der Hand, das Hotel.

Am nächsten Morgen, nachdem sich die kleine Reisegruppe im Frühstücksraum versammelt hatte, man besprach den Tagesplan, zunächst sollte es von Tripolis nach Leptis Magna und von dort aus zu einer Oase ins Landesinnere gehen, am nächsten Morgen hatte Sibylle den abgegriffenen Zettel in der Hand, jenen Zettel in arabischer Schrift, den sie bei van der Velde gefunden hatte, und sie wollte wissen, ob dies eine Hotelrechnung sei.

»Möglicherweise«, antwortete der Reiseleiter, konnte aber nicht sagen, in welchem arabischen Land sie ausgestellt worden war. Und als Sibylle ihn bat, nochmals darüber nachzudenken, es sei ihr wichtig, runzelte er die Stirn, war aber bereit, sich höheren Orts zu erkundigen.

Damit ließ er den Zettel in seiner Brieftasche verschwinden, erhob sich, trat ans Fenster, sah in den Himmel.

»Ich hoffe, daß wir günstiges Wetter haben«, sagte er. Und nachdem ein Bus vorgefahren war, bat er die Gruppe, er rief nochmals die Namen auf, das Hotel zu verlassen und einzusteigen.

Man durchquerte Tripolis, erfuhr, daß es über dem antiken Oea errichtet worden war, und vor der einzigen Sehenswürdigkeit, die daran erinnerte, vor dem Triumphbogen des Marc Aurel und Lucius Verus, gab es einen kurzen Aufenthalt. Man durfte die Ruine betrachten, bewunderte den Ausblick auf eine Moschee und auf die riesigen Kräne des Ölhafens. Minuten später saß man wieder im Bus, und nun ging es, immer an der Küste entlang, in Richtung Osten. Zur Linken hatte man das Meer, zur Rechten, soweit das Auge reichte, einen Streifen Grün, und dahinter, es mußte den Reisenden nicht ausdrücklich gesagt werden, dahinter lag etwas, wovor alle Respekt hatten: Es war die Sahara, deren Horizont immer noch frei war. Aber wer, wie der Reiseleiter, genauer hinsah, bemerkte sehr wohl, daß das Blau an Farbe verloren hatte und daß es ein diesiger Schleier war, der sich langsam aber sicher vor die Sonne zu schieben begann.

Der Bus war eng, man berührte einander mit den Ellbogen, begann sich zu unterhalten. Eine ältere Dame gestand ein, daß sie mehr Komfort erwartet habe. Dies sei hier unüblich, wurde ihr erklärt. Hier würde selbst das Staatsoberhaupt in einem Beduinenzelt übernachten. Als jemand versuchte, darüber zu witzeln, wurde er gewarnt. Der Reiseleiter, hieß es, verstünde, obwohl er englisch redete, ausgezeichnet deutsch, und als Sibylle davon sprach, daß sie eigentlich vorgehabt hätte, mit einem gemieteten Jeep nach Leptis Magna zu fahren, ging niemand mehr darauf ein. Irgendwie war man, vielleicht weil es im Bus übermäßig schwül war, schläfrig geworden.

Man erreichte Leptis Magna, genauer: Zur Linken tauchte inmitten hüfthohen Gestrüpps ein Ruinenfeld auf, und nun verließ der Bus die Straße, die nach Zliten führte, und fuhr über holpriges Pflaster auf den Septimius-Severus-Bogen zu. Der Reiseleiter schlug einen Rundgang von den Hadrians-Thermen zum Alten Forum, dann am Tiberiusbogen vorbei bis zum Theater vor, und es fiel auf, daß er Sibylle nicht aus den Augen ließ, Sibylle, die, während die anderen zügig aufbrachen, stehengeblieben war und die, nachdem man die Straße zu den Hadrians-Thermen erreicht hatte, zum Bus zurücklief, weil sie ihre Tasche vergessen hatte. Die Sonne war jetzt nur noch als schwacher Schein zu erkennen. Am Horizont über der Sahara schob sich eine Wolkenwand hoch, und man sah, wie der Busfahrer, da waren noch zwei weitere Herren, die sich abseits hielten, man sah, wie der Busfahrer auf ebendiese Herren zuging, wie er mit ausgestrecktem Arm in Richtung Süden wies und wie man offenbar darüber diskutierte, ob nach der Besichtigung von Leptis Magna überhaupt noch Zeit bleiben würde, landeinwärts, wie es der Tagesplan vorsah, zur Oase zu fahren.

Man riet zur Eile. Die günstigste Strecke, die sich anbot, um Leptis Magna zu umwandern, wurde schon erwähnt. Hatte man die Hadrians-Thermen hinter sich, erreichte man auf derselben Straße die Palaestra und das severische Forum. Hier verlor man Zeit, da es unmöglich war, diesen unübersichtlichen und überaus anziehenden Ort einfach nur abzuschreiten. Dann, und immer mit der Bitte, zügiger zu gehen, führte der Reiseleiter die Gruppe zum Nymphaeum und auf die Kolonnadenstraße. Auf der Höhe des Flaviertempels bog man nach links ab, betrachtete aus der Ferne die Umrisse des Alten Forums, dahinter das Meer, das beinahe spiegelglatt dalag. Vielleicht, gut, dies hätte der Reiseleiter der Gruppe noch erlaubt, vielleicht hätte man sich mit ausgezogenen Schuhen für einige Minuten auf die vom Salzwasser umspülten Säulen setzen können. Hier wäre man am nördlichsten Punkt der Ruinenstadt angelangt, und von hier aus hätte man in einem Halbkreis, immer auf dem schmalen Küstenstreifen entlang, weiter nach Westen bis zu den Jagd-Thermen und darüber hinaus bis zu dem Friedhof jenseits des Wadi el-Rsaf gelangen können. Aber jetzt kamen die ersten Windböen auf, und so ging man auf kürzestem Wege über die Via Triumphalis zum Septimius-Severin-Bogen zurück, und während die Gruppe in den Bus einstieg, überprüfte der Reiseleiter mit diskreten Blicken, ob sie vollständig war. Sie war nicht vollständig. Zunächst glaubte der Reiseleiter, er hätte sich geirrt. Um es zu überprüfen, umschritt er den Bus, musterte durch die Scheiben hindurch die Sitzreihen, machte dem Busfahrer ein Zeichen, er möge den Motor wieder ausschalten, und zuletzt ging er, der Busfahrer hatte sich weit aus dem Fenster gebeugt, zuletzt ging er ein paar Schritte zurück auf die Via Triumphalis zu. Er rief etwas auf arabisch, dann auf englisch, schließlich auf deutsch.

»Kommen Sie bitte, wir müssen uns beeilen!« rief er und versuchte die Liste, die in seiner Hand flatterte, nicht zu verlieren.

Er ging mit gebeugtem Kopf, die Haare wehten ihm auf. Unverkennbar, daß das Unwetter eingesetzt hatte. Er winkte die anderen Araber herbei, und eine Weile versuchten die vier, indem sie hierhin und dorthin ausschwärmten, und immer die Hand vor dem Gesicht, um sich gegen den heranpeitschenden Sand zu schützen, eine Weile versuchten die vier alle Gassen und Ruinen, die sie in der Eile erreichen konnten, abzusuchen, und als es unmöglich wurde, die Suche fortzusetzen, rannten sie zum Bus zurück, der, kaum waren die Türen geschlossen, anruckte und mit hoher Geschwindigkeit auf die Straße in Richtung Tripolis einbog.

18

Nimm es ihm nicht übel«, sagte eine Stimme. »Wie die Umstände nun einmal sind, er hätte nie mit dir in das Johannisthaler Haus ziehen können. Überlege doch: Was kann ein Mann tun, der womöglich – warum, dies zu erörtern würde zu weit führen – anderweitig gebunden ist. Ich rate dir also, an deinem Kummer nicht länger als nötig festzuhalten. Und vor allem mußt du von dem Sand loskommen, von dem Sand«, sagte die Stimme.

›Der Sand‹, dachte Sibylle, ›war das Beste an ihm.‹ Und als wollte sie es nochmals bekräftigen, fuhr sie sich übers Haar, überprüfte, was ihr zwischen den Fingern hängenblieb.

Ja, der Sand war rötlich und überaus feinkörnig. Es war also jener, den sie beinahe Tag für Tag aus den Ritzen ihres Korridors entfernt hatte. Das wußte sie jetzt mit Sicherheit zu sagen, weigerte sich aber, darüber nachzudenken, wie er in van der Veldes Koffer gelangt sein könnte. Es war ihr gleichgültig, und auch den Sturm, der ihr, sie kauerte in einem engen Versteck, allmählich den Atem nahm, empfand sie als etwas, das sie nicht zu fürchten hatte. Sicher, sie hätte es vorgezogen, im severischen Forum auf den Stufen der Basilika zu sitzen. Dort wäre alles geschützter gewesen und vor allem: Sie hätte einen besseren Ausblick gehabt, so daß es ihr zuletzt, wer weiß, vielleicht doch noch gelungen wäre, dem Würgeengel ins Gesicht zu sehen. Und wieder hörte sie die Stimme, die sie diesmal unbeachtet ließ. Denn was hätte sie ihr sagen können, was sie nicht schon wußte, und als Sibylle den Kopf hob, war da nichts weiter zu sehen und zu spüren als die Wucht des Unwetters.

War sie nochmals versucht, van der Veldes Handynummer zu wählen? Nein. Es wäre auch nicht möglich gewesen, da ihr das eigene Handy irgendwann, während sie das Trümmerfeld besichtigt hatten, abhanden gekommen war. Bereute sie, daß sie van der Veldes Brief nicht gelesen hatte und daß es ihr, hätte sie es getan, vielleicht erspart geblieben wäre, in diese unberechenbare Gegend zu reisen? Nein. Sie fühlte sich der Sache gewachsen, und auch als der Sturm, was kaum noch möglich war, an Stärke zunahm, als die Luft voller Sand war, als das Zuwehen der Gassen und Plätze, der kniehohen Mauerreste, der umgestürzten Säulen und aufgeschichteten Steinplatten kein Ende zu nehmen schien, als auch der letzte Winkel des severischen Forums keinen Schutz mehr bot, kauerte Sibylle immer noch da, mit angezogenen Knien, die Unterarme gegen Mund und Nase gepreßt. Sie dachte daran, daß sie vergessen hatte, die Kanzlei zu benachrichtigen, nahm sich vor, dies, sobald sie ihr Handy wiedergefunden hätte, nachzuholen. Auch wollte sie sagen, daß es nun nicht mehr nötig sei, eine Flasche Champagner kalt zu stellen.

Der Rest war ein gedankenloses Ausharren, und da es Sibylle gelang, die Nacht in dieser geduckten Stellung zu überstehen, erlebte sie die Stille nach dem Sturm, und nun hätte sie sich davon überzeugen können, daß Teile der Kolonnadenstraße verschwunden waren, und am Tiberiusbogen hatte sich wieder das Kapitell über der Inschrift gelockert. Ein Schakal schlich herum und schnüffelte an den Pflastersteinen. Aber dies entzog sich ihren Blicken. Statt dessen bemerkte sie, daß der Himmel über ihr, den das Unwetter freigegeben hatte, vollkommen sternenlos war.

›Wie ist das möglich‹, dachte Sibylle, klopfte den Sand von sich ab und spürte die Kälte, die von der unterschiedslosen Dunkelheit ausging.

Als es dämmerte, ging sie dem Militärfahrzeug, das am Septimius-Severus-Bogen vorfuhr, entgegen. Man brachte sie nach Tripolis, und Stunden später saß sie vor einem Beamten und mußte immer wieder dieselben Fragen beantworten: Wo ihr Ehemann sei. Warum sie sich in Leptis Magna versteckt und was dieser Zettel in arabischer Schrift zu bedeuten hätte.

»Das wüßte ich alles selber gern«, versicherte Sibylle.

Man hatte das Gepäck vor ihr aufgestellt. Die Koffer waren geöffnet, aus den Taschen quollen die Utensilien. Der Würgeengel, das wußte Sibylle jetzt, hatte kein Gesicht. Aber dieser da, der mit der Faust auf den Tisch schlug, hatte eine hohe, ebenmäßige Stirn, tiefbraune Augen, der Schnauzbart war frisch gebürstet, und sie mußte damit rechnen, daß es lange dauern würde, ehe er, wenn überhaupt, bereit war zuzugeben, daß es sich nicht lohnte, auf Antworten einer harmlosen Touristin, die sich vor Übermüdung kaum auf dem Stuhl halten konnte, derart hartnäckig zu insistieren.

Hartmut Lange im Diogenes Verlag

Die Waldsteinsonate

Fünf Novellen

Novellen, die vom Zustand jener Unglücklichen erzählen, denen das Bewußtsein ein besonderes Verhängnis war. Novellen über Friedrich Nietzsche, die Goebbels-Kinder, Heinrich von Kleist und Henriette Vogel, den Nihilisten Alfred Seidel und über eine Jüdin und einen SS-Mann, ihren Mörder.

Die Selbstverbrennung

Roman

Die Nachricht von der unfaßlichen Tat eines Pfarrers, der sich während eines Gottesdienstes selbst verbrannt hat, zieht die beiden Hauptpersonen des Romans auf unterschiedliche Weise in ihren Bann. Sempert, der in einem kleinen Dorf an der Elbe Ruhe sucht, um ein Traktat zu schreiben, und Koldehoff, der Pfarrer dieser Gemeinde, der mit dem Gedanken kokettiert, es dem Unglücklichen gleichzutun. Daß Koldehoffs Tochter und Sempert sich ineinander verlieben, bestärkt diesen noch in seiner kritischer werdenden Haltung gegenüber dem lebensfeindlichen Vernunftsdenken ... bis ein anderes Ereignis Sempert und Pfarrer Koldehoff wieder auf ganz verschiedene Weise betrifft und betroffen macht.

Das Konzert

Novelle

»Im Salon der Frau Altenschul treffen sich seltsame Gäste: Es ist die jüdische Crème Berlins – und sie sind ausnahmslos tot, von den Nazis umgebracht. Ihre postumen Zusammenkünfte dienen dazu, inmitten schöner Dinge diesen gewaltsamen Tod, das häßliche Ende im Massengrab zu vergessen. Doch auch die Mörder zieht es dahin; draußen vor der Tür warten sie auf Sühne. Ein rührender Gedanke, um so mehr, als Erlösung für beide von der Musik kommen soll: Der junge Pianist Lewanski ist dazu ausersehen. Ein erstaunliches philosophisches Märchen, eine Kunst-Parabel um Schuld, Sühne und deren beider Überwindung: ein kleiner großer Wurf.« *Badische Zeitung, Freiburg*

Tagebuch eines Melancholikers

Aufzeichnungen der Monate
Dezember 1981 bis November 1982

»In diesen Aufzeichnungen von 1981/82 präsentiert sich Hartmut Lange als ein nachdenklich betrübter Deutscher, der im Blick auf Nietzsche, Schopenhauer, auf Alteuropas Bildungswelt die heutige karge Szenerie des ›Geisteslebens‹ besieht. Ein Mann denkt über deutsche Krisen heute nach. Sehr verhalten besonnen, ein Melancholiker mit Maß.«
Friedrich Heer/Die Furche, Wien

Die Ermüdung

Novelle

Alles fängt mit dem rätselhaften Tod seines Freundes Achternach an. Merten beschließt, dessen Witwe Gerda und ihren alten Vater in Berlin aufzusuchen. Das Wiedersehen weckt Erinnerungen: Gerda ist seine alte Jugendliebe. Merten bemüht sich zwar, die Witwe von ihrer Trauer abzulenken, doch insgeheim möchte er nur eines – seine Gerda wieder für sich gewinnen. Doch sie hält ihn mit ihrem seltsamen Verhalten auf Distanz. Sonderbare Dinge spielen sich ab. Gerda führt Selbstgespräche und entwickelt wahnhafte Ideen. Merten spürt, wie die bedrückende Atmosphäre des Hauses ihn langsam umschlingt. Rechtzeitig gelingt ihm der Absprung.

Vom Werden der Vernunft

und andere Stücke fürs Theater

Die Dramen dokumentieren einen doppelten Abschied: Ausgehend vom Hegelschen Rationalismus und Karl Marx' Sozialutopie, enden sie in der Melancholie über das Verschwinden jeder Vernunft und beschwören die Erinnerung an jene Gesellschaft, deren erklärter Gegner Lange war: an den märkischen Adel und an das Spätbürgertum.

»Lange ist fähig, Gedanken zu kritisieren, ohne dabei den Menschen, der sie äußert, zu verurteilen – es ist die kostbare Fähigkeit der Komödienschreiber.«
Georg Hensel / Frankfurter Allgemeine Zeitung

Die Wattwanderung

Novelle

Völlenklee, ein Buchhändler aus Berlin, versucht hartnäckig, seine Idee, eine Wattwanderung zu unternehmen, in die Tat umzusetzen.

»Mit der *Wattwanderung* hat Hartmut Lange sich eine Glaubenskrise von der Seele geschrieben und ein Zeitgefühl erfaßt. Er traut Welterklärungsmodellen nicht mehr. Mit seiner spröden, den Vorbildern Kleist und Büchner folgenden Sprache hält Lange seinen Weltschmerzensmann in kühler Distanz; keine neue Weinerlichkeit kommt auf, eine ungerührte Vivisektion findet statt, ›erbarmungslos‹ wie die Weite des Watts, in der sich Völlenklee schließlich verliert.«
Der Spiegel, Hamburg

Die Reise nach Triest

Novelle

Die Reise nach Triest ist nach *Die Ermüdung* und *Die Wattwanderung* der Schlußpunkt der Berliner Novellen-Trilogie.

»Ein spannendes Buch mit großer psychologischer Intuition, erzählt in einer knappen, fast lakonischen Sprache, die ohne jedes Pathos auskommt.«
Rheinische Post, Düsseldorf

Die Stechpalme

Novelle

Manfred Eichbaum, Verleger von Kunst- und Fotobänden, erhält anonyme Briefe. Der Verfasser kennt sich sehr gut aus in Eichbaums Leben, privat wie beruflich. Eichbaum, der seit fast einem Jahr an einem gebrochenen Schienbein laboriert, wird zunehmend verunsichert. Wer steckt hinter diesen Briefen?

»In unserer Literatur spielt auf dem Instrument der Novellenkunst heute keiner so meisterlich wie Hartmut Lange.«
Walter Hinck / Frankfurter Allgemeine Zeitung

Schnitzlers Würgeengel

Vier Novellen

Vier Novellen von sprachlicher Eindringlichkeit und Dichte: Herr Semmering · Schnitzlers Würgeengel · Die Mauer im Hof · Der Himmel über Golgatha. Verbunden sind diese Novellen durch ein ihnen voranstehendes Motto Martin Heideggers: »In der Unheimlichkeit steht das Dasein ursprünglich mit sich selbst zusammen.«

Der Herr im Café

Drei Erzählungen

Ein Schriftsteller, eine Schauspielerin und eine Sängerin sind die Hauptfiguren dieser drei Erzählungen, in denen Lange sich wie in allen seinen Texten einen Schritt außerhalb des gewohnten Raumes und der gewohnten Zeit bewegt – jenen Schritt außerhalb, der ihn zum hellwachen Beobachter des Alltäglichen wie des Geheimnisvollen macht.

»Die Erinnerung an das verblichene Genre der Künstlernovelle spukt durch die drei neuen Erzählungen von Hartmut Lange, deren Reiz darin liegt, daß sie den Anschein erwecken, sich nostalgisch dieser Erinnerung hinzugeben, während sie versteckt mit ihr spielen.«
Lothar Baier / Süddeutsche Zeitung, München

Eine andere Form des Glücks

Novelle

Kippenberger ist renommierter Statiker im Berlin der Gegenwart und arbeitslos. Doch nicht sein fehlender Job, sondern seine Freundin Corinna läßt seine Welt ins Wanken geraten. Wie kann es sein, daß sie von einer Minute auf die nächste plötzlich verschwindet? Was für eine eigenartige Form des Lebens führt sie, welches besondere Glück ist ihr beschieden? Auf subtile Art betreibt Lange ein rätselhaftes und tiefgründiges Spiel mit räumlichen und Erzählperspektiven.

Die Bildungsreise

Novelle

Müller-Lengsfeldt, Kunsterzieher aus Berlin, möchte im Dunstkreis von Johann Joachim Winckelmann das Alte Rom entdecken. Doch unbegreifliche Ereignisse stören den reinen Kunstgenuß. Und das Vorbild selbst, Winckelmann, entpuppt sich als widerspruchsvolle Gestalt mit einem rätselhaften Doppelleben. Was als beschauliche Bildungsreise begann, entwickelt zunehmend die Qualität eines metaphysischen Thrillers.

»Vielleicht ist das auch der Zauber von Langes Büchern: daß der Leser sanft hineingezogen wird in die Psyche anderer Menschen und sich gerade dort, im Fremden, unversehens mit sich selbst konfrontiert sieht.«
Susanne Schaber / Österreichischer Rundfunk, Wien

Das Streichquartett

Novelle

Eigentlich ist Schönbergs 4. Streichquartett Opus 37, an dem Berghoff unermüdlich probt, nicht gerade geeignet, seinen ohnehin angespannten Geisteszustand zu beruhigen. Ebensowenig wie die Tatsache, daß seine Frau Elisabeth mit den Töchtern zu einer Erholungsreise aufgebrochen ist, die kein Ende nehmen will. Als dann plötzlich – Traum eines jeden Geigers – eine wertvolle Mittenwalder Geige in seiner verlassenen Wohnung steht, nimmt ein Alptraum seinen Lauf.

»In Hartmut Langes Erzählungen entfaltet sich der Sog unheimlichen Geschehens über eine schnörkellose, nüchterne Sprache. Sachlich im Detail, das Unerklärliche berichtend, als sei es mit unbestechlicher Klarheit erkannt, so erscheint selbstverständlich und keiner Begründung nötig, was doch zutiefst unverständlich ist.«
Annelie Kaduk / Berliner Zeitung

Irrtum als Erkenntnis

Meine Realitätserfahrung
als Schriftsteller

Irrtum als Erkenntnis – eine intellektuelle Autobiographie, die sich mit den prägenden Ideologien und Glaubensfragen des 20. Jahrhunderts auseinandersetzt. Teil I beschreibt den Bildungsweg eines Außenseiters in der DDR, Teil II versammelt Essays und Aphorismen von kristalliner Schönheit und Gedankenschärfe. Teil III umfaßt drei Vorträge, die im wesentlichen um Sinn und Aufgabe von Kunst und Wissenschaft heute kreisen.

»Wenn Vollendung nicht mehr von der Geschichte zu erwarten ist, rettet sie sich in die Kunst. Darum sucht Hartmut Lange vollendete Sätze und Texte zu schreiben: jeder Satz schlicht und präzis, konzentriert aufs Nötigste, mit Meisterschaft des Weglassens, von äu-

ßerster Intensität und wie eingebrannt in seinen Kontext.«
Odo Marquard/Frankfurter Allgemeine Zeitung

»Literatur gegen den Lärm des Zeitgeistes.«
Hans Jansen/Westdeutsche Allgemeine Zeitung, Essen

Gesammelte Novellen

in zwei Bänden

»Es bedarf in allen Novellen Hartmut Langes nur einer kleinen, unerhörten Begebenheit, und die sorgfältig berechnete Statik des engen bürgerlichen Lebens gerät aus dem Lot. Lange liefert ein Höchstmaß an literarischem Realismus und durchsetzt ihn mit rätselhaften Ereignissen, die wie kleine Drehungen an der Schraube dafür sorgen, daß seine Geschichten eine Spur gegen die Wirklichkeit versetzt werden.«
Elmar Krekeler/Die Welt, Berlin